花に埋もれる

Maru Ayase

彩瀬まる

新潮社

目次

花に埋もれる

なめらかなくぼみ

美しいものが届いたのは、土曜日の午前中のことだった。

朝、目を覚ましたときからずっとどきどきしていた。早めの朝食をとり、シャワーを浴びて髪を乾かし、トワレを胸元にワンプッシュして、お気に入りのブラウスと海の色みたいなタイダイ染めの巻きスカートに着替えた。ブラウスの裾には、鮮やかな南国の鳥を思わせるストレリチアの刺繍が入っている。またそういうの買ってえ、と澄香《すみか》には大層不評だったが、私は着心地がよくて色合いの明るい服が好きなのだ。これから長い付き合いになるからこそ、自分を一番正直かつ好きな状態に整えて、それを迎えたかった。

二人の配達員が三角座りをした大人一人ぐらいなら余裕で収まりそうなサイズの段ボール箱を運び込み、リビングの中央、ちょうどテレビの正面に下ろした。箱の上部を開き、全体がエアパッキンでくるまれた物体を慎重に取り出し、梱包をはいでいく。つややかな黒色が見えた瞬間、胸が強く高鳴った。

梱包材のひとかけらも残さずに周囲を掃除した配達員たちは、私から作業完了のサインを受け取り、風のように去っていった。

玄関の扉を閉める。

どうしよう、二人きりになってしまった。

顔を向ける。黒革の、たたずまいが美しい一人がけアームソファがそこにいた。全体的に装飾は少なく、肘かけ部分に光沢を抑えた金色の鋲《びょう》が並べて打ち込まれている。足元はシャープな印象をかもしだすウォールナットの角錐脚。フローリングを傷つけないよう、あとで裏側にフェルトを貼らなければ。

おそるおそる背もたれのクッションに手をすべらせる。店員は合皮だと言っていたが、本物の革と区別ができないほど柔らかく、指先で溶けていくバターのようななめらかさがある。ソファの座面は、通常の一人がけソファに比べて広めだ。大柄な男性でも深々と体を預け、リラックスして座れるだろう。私は女性の中でも小柄な方なので、普通に座るとかなりスペースが余る。

ただ、店頭でこのソファをひとめ見たときから、どうしてもやってみたいことがあった。両足を一方の肘かけに、頭をもう一方に乗せ、背もたれのクッションに横向きに上半身を預ける。すると背もたれ、座面、二つの肘かけが作る空間に、体がしっくりと収まった。まるでとても美しくて力強いものに両腕で抱き上げられているみたいだ。すべすべの背もたれに頬を寄せる。ああ、と思わず声が漏れた。

ノワールと呼ぶことにした。

ショッピングモール内の家具店でこのソファを見つけた際、値段や材質が記されたタグに「カラー：ノワール」と書かれていたからだ。フランス語で黒を意味する言葉らしい。ノワールという響きの、そこはかとない人名っぽさが前から好きだった。

壁際に様々なアンティーク調のソファと並んで展示されたノワールをひとめ見たときから、不思議な引力を感じた。離れがたい。黒革の淡い光沢、肘かけの曲線、座面の奥行き。そのなにもかもが漠然と好きで、向こうも私を歓迎している気がする。

「いやいや、三十手前の一人暮らしの女が、こんなおっさんが座るようなごついソファ買ってどうすんの。部屋狭くなるし、結婚したら邪魔になるよ？　お姉ちゃん大丈夫？」

澄香は呆れた調子で言って、ぱんぱんと強く私の背を叩いた。

「もう、変な買い物しないで。ダイニングコーナー行くよ」

「はい、はい」

苦労してノワールから視線を引き剝《は》がし、澄香の後を追った。来月に臨月を迎える澄香はお腹が大きい。産後に必要なものの買い出しに荷物持ちとして付き合い、さらに出産前祝いとして赤ん坊が食卓で使うチェアを贈るつもりで来た。

「お姉ちゃん、これがいいな」

「どれどれ」

澄香が指差したのは、丸いテーブル付きのハイチェアだった。座面と足置き板の高さが変えられる他、テーブルも取り外し可能。赤ん坊用の安全ベルトを使用すれば、生後四ヶ月から使用可能で、十歳ぐらいまで使えるらしい。ずいぶん機能的だ。値段は八千円。

「いいんじゃない？　すごいねえ、安いのに便利」

赤ん坊から小学生まで、生活の変化に十年近く対応できて、八千円……思わず私は値札をまじまじと見つめた。さっき私が見とれた黒革のソファはおそらく、消費税を入れたら七万円を超えてしまうんじゃないか。だめか。やっぱり馬鹿な買い物か。ボーナスが入ったばかりで、ちょっと気が大きくなりすぎていたかもしれない。

頼まれたチェアを購入し、澄香の自宅へ送るよう手配した。他にもおむつや抱っこ紐、哺乳瓶や赤ん坊用の石鹼などの買い物に付き添い、両側スライドドアのワゴン車のトランクに荷物を積み込む。後部座席には、両親が澄香に贈ったというベビーシートがすでに設置されていた。

運転席についた澄香は、窓を開けて車外に立つ私に声をかけてきた。

「本当に駅まで送らなくていいの？」

「十五分おきにバス出てるし。大きいモールに来るの久しぶりだから、ちょっとウィンドーショッピングして帰るよ。澄香は午後から健診でしょう？　気にしないで行っておくれ」

「あの変なソファ買っちゃだめだよ？」

「買いまっせーん」

「今日は忙しいのにありがとう。また産まれたら顔を見に来てね」

「帰りの運転、気をつけて」

人生の設計も含めてしっかりもので、経済観念の確かな妹を見送る。

空色のワゴン車が広い駐車場から出て行った途端、足がむずむずと疼《うず》きだした。居ても立ってもいられずに、先ほどの家具店へむかった。ノワールは相変わらず温かな風情で私を待っていた。

妹が。

三つ年下の妹がさっさと結婚して子供をもうけ、八千円の十年使えるベビーチェアを選び、ファミリーカーの代表みたいな軽のワゴンをぶんぶん乗り回しているときに、私はいったい、なににになけなしのボーナスをつぎ込もうとしているのだろう。

ああでも、見れば見るほど素敵だ。このなまめかしくて品のいい物体に毎日体を預けて暮らせたら幸せだ。クレジットカードのサイン欄をこするペン先から弱い電流に似た高揚が這い上がり、ぼうと体が痺れた。


ノワールを購入したとき、私はまだ礼央《れお》くんと付き合っていた。マッチングアプリで知り合った、同い年の省庁勤めの男性だ。学生時代はフットサルをやっていたらしい。背が高く、体つきもがっしりとしていて、くせのない薄めの顔立ちが好みだった。落ち着いた色合いのスーツを好んで着ていて、襟からスッと伸びた青竹のような首筋に色気があった。

礼央くんはよく金曜日の夜に遊びにきて、日曜日の夕方に帰っていった。職場の空気が厳しいらしく、酔っぱらうとすぐに「萌花《もえか》ちゃん疲れたよう！」と抱きついてくる。並んで長座布団に座りながら、大きくて甘ったれな犬をあやしている気分で、私はよく彼のころんとしたマッシュヘアをぐしゃぐしゃにかき混ぜた。

そんな礼央くんは、ノワールを見て大喜びをした。

「え、なにこれ、俺用？」

「そんなわけないじゃん」

「かっこいー。ヴィンテージって感じ」

上機嫌でノワールに腰かける。大柄な礼央くんの体はちょうどノワールの座面の横幅を満たし、まるであつらえたように収まりがよく見えた。なんとなく面白くない。が、金曜の夜に飲み会に疲れてふらつきながら訪ねてきたお客なので、部屋の一番いい席を譲ることにする。

酔い覚ましに温かい玄米茶を出し、私は使い古しの長座布団に腰を下ろした。二人でだらだらとテレビの音楽番組を眺める。

「萌花ちゃーん」

「なによー」

べたついた声で呼ばれたのでそんな気はしていたけれど、予想通りセックスに誘われた。

「ベッド行こうよ」

「ここでやりたいの！」

「えー、買ったばっかなのに」

「なんかいいじゃん、ゴージャスな気分で。作りはしっかりしてるから、大丈夫だって」

礼央くんはテレビを消すと私のパジャマもブラトップもショーツもぱっぱと剝がして裸にし、自分はスーツの上下を脱いで、シャツとトランクス姿でノワールに座り直した。毛の散った太ももにまたがってほしいと頼まれ、仕方なく言われた通りにする。

「今日もすごいボリューム」

「どうも」

私は小柄で胸が大きい。着やすい服が限られるため、自分でその体つきを特に気に入っているわけではないけれど、男性には好かれやすい。セックスが始まると、相手はだいたい私のおっぱいをひたすら見つめ、舐めて、吸って、揉みまくる。普段は顎しか見えないのに、こういうときは彼らのつむじと、頭皮の荒れがよく見えた。

「おっぱいからいい匂いがする」

「うちの新商品だよー。ゆずとハーブをブレンドした入浴剤でね、肌がすべすべになるの」

「ほんとだ、すべすべでもちもち」

おっぱいとしか会話しないんかい。早くもこの先の行為が面倒になってきた。礼央くんは片側の乳房を揉みながらもう一方の胸の先を吸い始めた。背中へ回された手がそろりと背筋をすべり落ち、尻たぶをつかむ。まるで弾力を咀嚼するかのように手がうごめき、ときどき指先できわどい箇所をこすられる。

強い力が体にかかると、頭にふわりと霞がかかる。これはなんなのだろう。自分の体の所有権を手放すことで生じる、だるくて熱っぽい脱力感。

「見て見てエロい」

「ん？」

うながされるまま背後を振り返ると、電源を落としたテレビの画面に白い像が映っていた。柔らかそうな、女の背中だ。わしづかまれ、大きく横に引かれた尻の肉がみっともなくつぶれている。自分の体というより、他の人の体のように見えた。かわいそうで、なまめかしくて、目が離せない。――どうして、かわいそうだとなまめかしいのだろう？

礼央くんはノワールの足元に置いたビジネスバッグの内ポケットからてのひらのくぼみに収まるサイズの丸い缶ケースを取り出した。中にはコンドームが入っている。

「萌花の中に入るの久しぶり」

浮かれた呟きには応えず、振り返って白い像を見ていた。今度は尻ではなく太ももがつかまれ、角度を調整するよう持ち上げられる。自分の体は見えても、礼央くんの体はよく見えない。

やっぱりベッドにすれば良かった。ノワールの上で、こんな変なポーズをとりたくなかった。思ううちに、かたまりがずくりと体に入ってくる。


礼央くんとはそれから半年ほどで疎遠になった。彼の方は、もっと長く付き合う気持ちを持ってくれていたらしい。けれど私の方が億劫になった。

理由の一つがノワールだ。礼央くんは私の家に来るたびにノワールに座りたがった。私も彼は客なんだし、いい席を譲ろうと思ってきた。しかし長期休暇で一週間ほど滞在したときも、礼央くんはノワールを自分の席だとみなし、一度もそれまで使っていた長座布団に座ろうとしなかった。

「いい加減代わってよ。私が座るために買ったんだから」

「またまたー。ほら、膝においで。抱っこしてあげる。こうして二人で座ればいいじゃん」

「そういうことじゃないんだって」

だんだん、分かってきた。礼央くんは「客だから良い席を譲ってもらっている」と思っているのではなく、「付き合っている相手の持ち物で良いものは、自分に譲られて当然だ」と思っていたのだ。それに気づいた途端、酔っぱらって「疲れたよう！」と抱きついてくる仕草も、可愛いとは思えなくなった。「疲れたよう！」と言えば私があわれがって、彼がやると約束していた後片付けや皿洗いを交代したり、乗り気ではないセックスにも付き合ったりすることをちゃんと分かっていたのだ。そうしたずるさを含めて付き合おうと思うほどには、彼のことが好きではなかった。

「いや、でも、三十歳でさ、勤め先も堅くて容姿もそこそこ好みな人と別れるの、結構勇気が必要でない？」

会社近くの公園のベンチに座り、キッチンカーで購入したケバブにかぶりつきながら雅美《まさみ》は首を傾げた。ムラなく塗られたオレンジ色のリップの端にオーロラソースがついている。

私は近所のカフェからテイクアウトした牛すじカレーを食べる手をとめ、持参したウェットティッシュを一枚抜いて彼女に渡した。

「ありがとん」

「いいえー。あー、そうなんだけどさ、そう、そのときも、妹に言ったら超馬鹿にされて怒られるなーって思ったんだけど」

「ふんふん」

「でも、あの人と結婚したら、私はずっと自分の椅子に座れないわけよ」

「ってか、稼いでるんだから、その人も椅子ぐらい自分で買えばいいのに」

「あー、家が広かったらね。うーん、だから違うんだよ、そういう問題じゃなくて……」

カレーが盛られた厚手の紙皿の端、小さなホイルケースに入った福神漬けをルーと白米の境目にちりばめながら言葉を探す。

「あの人は、心のどこかで私のものは自分のものだって思ってたんだよ。だから、椅子が何脚あるかとかは関係ないんだ」

テレビの画面に映っていた、まるでストレス解消用のグリップボールでも握るように尻をつかんでいた大きな手を思い出す。なぜだろう。あの手つきを、あの手つきが作り出す光景を、エッチで喜ぶべきものだと思い込んでいたような感覚がある。中身が空になったケバブの包み紙をくしゃりと潰し、雅美は眉をひそめて笑った。

「まあじゃあ、選ばなくてよかったかもね。きっと、夫婦で稼いだお金の使い道を一人で勝手に決めるタイプだ」

「雅美のとこはそういう問題ないの？」

「なくはないけど、でも、慣れたかなあ」

「夫さん、学生の頃から付き合ってたんだっけ」

「うん、高校から。だから今さら性格とかで揉めることは少ないんだけどね。うーん、ただ、うちは向こうの方が収入多いんだけど、その分家事と育児は私が多くやってって言われてるのは今でも納得してないぜ！」

「条件違うもんね」

「そうそう。うちの会社の女性管理職比率、三パーセントだよ？　そりゃあんたの方が出世して給料上がる確率も高いわ、ふざけんなって感じ」

口元をきれいに拭き取り、食事を終えた雅美はそばに置いたトートバッグから化粧ポーチを取り出した。手鏡を覗き、リップを塗りなおす。続いて口臭予防のミントタブレットを口へ放り込み、深いため息をついた。

「ああ、一億円欲しい」

「欲しいねえ」

「足湯長靴セット、売れるといいなあ」

「かなりいいと思うんだけどねえ。水虫予防の薬湯も、かかとの角質ケアの薬湯も、試してみたいって意見はかなり多かったし。足湯長靴も、ゴム製品の老舗メーカーさんに協力してもらえたおかげで、保温性も履き心地もぐっと良くなった」

「よっしゃ、売ってくるぜ！」

「いってらっしゃーい」

私と雅美は、入浴剤と化粧品を製造する社員五十名ほどの小さな会社に勤めている。一昨年までは二人とも営業部だったが、去年から私は企画部に異動した。自社製品より他の大手ブランドから委託された商品を製造することの方が多い会社だが、数年前に経営が不安視されて社長が交代したのをきっかけに、入浴剤と化粧品だけでなく入浴関連の新しい目玉商品を作ろうと開発に力を入れるようになった。足湯長靴セットはその第一号だ。サンプルが入った紙袋を手に颯爽と出かけていく雅美を見送り、私も会社へ戻った。

一日中デスクワークをこなし、自宅の最寄り駅の立ち食い蕎麦屋で梅わかめおろし蕎麦とメンチカツを食べて帰宅する。メイクを落とし、浴槽に湯を張って社割で購入したローズとジャスミンがブレンドされたバスオイルを垂らした。一瞬で、浴室が甘く広々とした香りで満たされる。時間をかけて全身を洗い、熱めの湯に体を沈めた。

湯上りに、体を拭いてブラトップとショーツだけ着て、麦焼酎を氷入りの炭酸で割ったものを用意する。

肌から香りを漂わせてノワールに座るのが好きだ。深々と体を預け、焼酎の炭酸割りに口をつけながらテレビをつける。動画視聴サイトにアクセスし、途中だったドラマの続きを観る。

手に入れるまで、合皮のソファは手触りが冷たいと思っていた。実際に使用してみると、想像とは少し違った。確かに座った瞬間は、多少体温を吸われる。しかししばらく座っていると、体温がこもった合皮はむしろ人肌のように温かく感じられた。しっとりと柔らかな質感で、体を親密に受け止めてくれる。

体の熱が引いたらパジャマを着て、寝室から毛布を持ってきた。ノワールに抱き上げられる体勢で横になり、体に毛布をかける。まだ花の香りが残っている。ドラマを眺めつつ、とろとろと意識を溶かしていく。

幸せだ、と思う。いい香りがして、暖かくて、安心している。だけどこのままではいけないのだろう。次はいい人に会えるといいな。私の座る場所を奪わない人。深く息を吸って、吐く。ノワールと同じ色合いの、豊かな眠りに沈んでいく。

呪いのソファなんじゃないの、と言って澄香は顔をしかめた。

「あんたね、リアルタイムで自分の娘が座ってるソファになんてことを」

顔を向けると、今年で四歳になった澄香の娘はノワールの背もたれに体を預け、座面に両足を伸ばしてポータブルゲーム機で遊んでいた。幼児だとまるでカウチソファのような座り方ができるんだなと、サイズ感の違いに見とれてしまう。澄香は気にせず、恐ろしげな話題を続けた。

「ほら、なんかあったじゃん。人が座ると死んじゃう椅子。えーと……」

「バズビーズ・チェアね。イギリスで宙づりになってるやつ」

「そう、その結婚版。座ると居心地がよすぎて結婚したくなくなるソファ。もー、だから変な買い物しないでって言ったのに」

「ふふふふふ」

「ライフスタイルが変わったら家具を選び直すなんて当たり前じゃん」

「家族の構成員にとって大切なものなら、どうにか残せないかって、せめて検討ぐらいするのも当たり前じゃん？」

「ヘリクツばっかり。お姉ちゃん、黙ってればすごく優しそうなのに、口を開くときつさが出るよね」

あんたこそ、その言い方お母さんそっくり、と言いかけてやめる。

私たちの母親は少し情緒が不安定で、子供への当たりがきつい人だった。私は「お前みたいに生意気で頭でっかちで協調性のない女は三十過ぎたら誰にも好かれない。早く結婚しろ」と思春期の頃から言われ続けた。逆に「かわいい。人の話を聞く謙虚さがある。性質がいい」と執着されていたのは妹で、彼女は彼女で、負担を感じていたらしい。結婚後は配偶者が所有していた義実家近くのマンションへ移り住み、実家とはほぼ交流を絶っている。それでも時々、私たちの母親が乗り移ったみたいな頑固で攻撃的なしゃべり方をする。恐らく妹は母親と同調し、一体化することで思春期を乗り切ったのだろう。

「お姉ちゃんもう三十四でしょう。こんないい話、もうないかもしれないよ？　医者の妻なんて最高じゃん。それをソファ一つで断るなんて。今からでも謝ってやり直した方がいいって」

「そんなことないよー。ソファ大事だよー」

洋平《ようへい》さんは人の紹介で出会った四十二歳の内科医だった。お洒落で、遊び慣れた風情がある人だった。実際、若い頃はずいぶん遊んでいたらしい。料理が得意で、コミュニケーション能力が高く、提案されるデートコースも素敵だった。洋平さんは、私の肌がすべすべなのをずいぶん褒めてくれた。すごいなあ、二十代にしか見えないよ。私の頭をぽんぽんと撫で、僕の子ネズミちゃんとうれしそうに呼んだ。

具体的に結婚へと話が進み、「僕が所有しているマンションに移り住んでほしい。萌花ちゃんはなにも持ってこなくていいから」と言われたときに、まず初めの引っかかりを感じた。ノワールを持っていきたい、と告げると、「家具にはこだわりがあるんだ。革のソファが好きなら、うちの雰囲気に合うのを一緒に探してあげるよ。本革の、もっとちゃんとしたやつ」と柔らかに拒まれた。だから――というのが、澄香にした説明で、実際にこの人はやめておこうと思ったきっかけは、バックで性行為を始めようとした際、なんのことわりもなく避妊具をつけない性器を挿入しようとしてきたからだ。

確かに結婚も視野に入れていた、だからといっていきなり中出しなんてありえない、と文句を言うと、洋平さんは「子供が欲しいって初めから伝えてあるだろう。自分の年齢を分かって言ってる？　一日でも早く妊娠できるんだから、喜ぶところだろう？」とまるで失敗した子供を叱るような口調で言った。なぜ私が非難されるのか、まるで分からなかった。

ただ、ノワールが結婚させないソファだというのは本当かもしれない。ノワールの件で引っかかりを覚えなければ、洋平さんの挙動にそれほど意識を向けず、直接性器を挿入されても気づかなかった可能性がある。もしも中に出されて妊娠していたら子供の人生だって考慮せねばならず、別れのハードルは上がっていただろう。

いや――そうでもないか？　雅美は少し前に「両親が喧嘩しているところをこれ以上見せたくない」と小学校低学年の息子を連れて離婚した。三十を過ぎた頃から夫さんと仕事に関する考え方がずれ始め、関係を継続するのが難しくなったという。今はちょくちょく休みを取って息子くんと国内外を問わず旅行に出かけ、今後の生活について話し合っているらしい。

妹相手に挿入だの中出しだの言いたくなくて、のらくらと核心をぼかして話していたら、澄香は本当に怒った様子で眉間にしわを寄せた。

「ねえ、心配してるんだよ！　年を取ってから一緒にいる人もいない、子供もいない、そのときにさみしさを感じても、私はお姉ちゃんのそばに居られないんだから」

「澄香は、年を取ってから一緒に居てくれる人が欲しくて結婚したの？」

「そうだよ。そりゃ、今はいいよ。元気だもの。でも、自分の力がどんどん衰えていく時期に入ったらって想像すると、一人で生きるなんて私は怖くて仕方ないよ。手を伸ばせば触れられる距離に、誰かのぬくもりが欲しくなる。だからお姉ちゃん、そんなソファなんて変な理由にこだわってないで……誰だって完璧じゃないんだから、もっと上手くなだめすかして、譲歩を引き出すくらいの気持ちでいた方がいいって。家族だからだよ？　こんな馬鹿みたいなこと言うの」

　澄香は真面目な顔をしていた。真剣に心から、私を心配して言っている。

「澄香は本当に、敬太《けいた》さんと上手くいったんだねえ」

「うん。私は喧嘩もたくさんするけど敬ちゃんが大好きだし、敬ちゃんがいない人生は考えられない。考えの食い違いがあっても、ずっと一緒にいることを前提に話し合いをしてるよ」

　雅美のように離婚を選択する人もいれば、澄香のように結婚で救われ、死ぬまで継続したいという人もいる。本当に人それぞれだ。

　澄香は腕時計を確認し、お腹の上の方を押さえて立ち上がった。

「ああ、ごめん……そろそろ行かなきゃ。長く見積もって四時間くらいかな。ゆっこのことお願いね」

「はいよ、いってらっしゃい！　気をつけて」

　すっかり話し込んでしまった。退屈させたのだろう、いつの間にか姪っ子はゲーム機を手からすべり落とし、ノワールの座面で丸くなって眠っていた。澄香はお腹の張りを気にするそぶりで立ち上がり、慎重な足取りで部屋を出て行った。今日は義実家の都合が悪かったようで、妊婦健診を受ける間だけ彼女を預かっていてほしいと頼まれたのだ。二人目の子供は、男の子らしい。

玄関で澄香を見送り、静かになったリビングへ戻る。子供は精巧だ、と姪っ子の寝顔に思わず見とれた。頭も、体も、顔のパーツも、指先の爪も、なにもかもが小さい。存在に儚《はかな》さがある。だけどみしみし大きくなって、いずれは私たちと同じ、人間一人分の人生の重さを引き受ける。この小さな器に、測りきれない時間と質量が詰まっている。すごいぞ。きれいだ。この精巧でもろいものを守って生きるのは大変で、でも誇らしいことだろう。

私は、後悔するだろうか。やっぱりあそこで中出しされておけばよかった、合皮のソファなんか手放せばよかった、と思う、最悪な日がいつかくるのだろうか。

体を支えていた力がするりと消え、落ちる。まばたきをする間に母親の胸元が遠ざかり、肩と腰が床に叩きつけられる。痛くて、でも泣けない。スリッパ、目の前で光る、白いスリッパ。頭上から降る怒鳴り声。断片的な、深い痛みを伴う記憶がよみがえる。

母親の腕からすべり落とされたとき、私はちょうどこの子と同じくらいの年齢だった。アンパンマンの映画を観ながら家で一人で留守番をしていた。途中で映画に飽きて、床に一本だけ落ちていた緑色のクレヨンに目が行った。理由なんてよく分からない。子供だった。しばらくして、まだ歩くのがおぼつかない一歳の澄香をおんぶした母親が、両腕にたくさんの荷物を持って帰宅した。私は大喜びで玄関まで走り、彼女の腰にしがみついた。母親は、ごめんね、さびしかったね、と申し訳なさそうに言って、珍しく私を抱き上げてくれた。澄香が生まれて以来、抱っこされる機会はめっきり減っていた。久しぶりに母親の香水の匂いを感じて、嬉しかった。

そして、リビングの壁を見た瞬間、母親は私を床に落とした。

胸に広がった苦みをごまかすよう、姪っ子の頭を撫でた。髪が柔らかい。薄い唇がむ、との字になり、彼女は寝返りを打った。

きっとみんな、確かだと思っていた腕からすべり落ちた経験があるのだ。だから安心して体を預けられるものが欲しくなる。言う通りになる他人、拒む手段を奪った肉体、将来の約束、不安をなだめてくれる体温を、確保しようとする。

「そのソファは、安心するでしょう」

少し得意な気分で呟き、姪っ子の体にブランケットをかけた。


ノワールから垂らした、両の太ももの間に骨っぽくてたくましいうなじがある。短く刈り上げられた黒髪は、湯上りでまだ湿っている。つむじ周りは少し毛が薄い。最近はそれを気にして、週に一度はシャンプーの前に炭酸水で予洗《よあら》いしているらしい。

「うらあっ」

ぶに、と太ももで背後から男の顔を挟む。するとノワールの足元に座ってニュースを眺めていた湊《みなと》さんが潰れた蛙みたいな声を上げて振り向いた。

「萌花さん痛い。口のなか嚙んだ」

「ごめー」

「風呂上りはさっさとパジャマ着ないと、四十代は簡単に風邪ひくよ。パンツでうろうろしていいのは二十代までだよ」

「パンツで誘ってるので」

「僕まだお酒抜けてないもの」

「えーしようよー」

「立つか分かんないよ？」

「立たせましょうぞ」

湊さんは一緒に仕事をしている雑貨メインの社外デザイナーだ。半年ほど前から時々ご飯を一緒に食べたり、デートしたりしている。湊さんは小学校高学年の息子さんを一人で育てているため、あまりスケジュールが空かない。一晩一緒にいられるなんて、本当に稀だ。

今日はずっと仕込みをしてきた新商品のサンプルが工場から到着し、開発に携わったメンバーでお祝いをした。湊さんはこの仕事の一区切りとなる飲み会に参加するため、わざわざ息子さんを親戚の家に一晩預けたのだ。

私は酔い覚ましのグレープフルーツジュースを飲みながら、湊さんのうなじを見下ろした。青いフランネルのパジャマの襟の隙間から、首のつけ根のほくろが見える。

涼しげな刈り上げをさりさりと指の背でくすぐる。湊さんはちょっと口をとがらせてテレビを観続けている。上体を倒し、パジャマの襟を広げて首元のほくろにキスをした。柔らかい生地越しに胸元をまさぐる。親指で感じ取った小さな粒を潰して転がし、もう一方の手で胸板から腹筋まで広く撫でまわした。

「うう」

顎を浮かせ、湊さんは喉を震わせた。気持ち良さそうなので、乳首を撫でるだけでなく軽くつねる。四十を過ぎた頃からペニスへの刺激だけだと射精が難しくなったらしく、乳首もいじってほしい、と初めて寝たときに照れながら伝えられた。可愛い人だなと思った。そういう可愛げが出せるようになるなら、年を取るのもいいな。

体を撫でて焦らすのをやめ、両手で乳首をこねる。湊さんは何度も膝を立てたり、伸ばしたりしている。時々腰がビクンビクンと鋭く跳ねる。股間《こかん》はすぐに膨らんだ。

「あー……乳首気持ちいい、のと、頭に柔らかいおっぱいがあたって、いま、めちゃくちゃ、幸せ」

「おお、それはよかった。もう出したい？」

「うん」

息を荒くする湊さんの髪を撫で、私はノワールを下りた。ティッシュ箱を引き寄せ、パジャマのズボンを脱がせる。パジャマ越しに時々乳首を嚙んであげながら扱くと、射精まで五分もかからなかった。あ、あ、と声を上ずらせながら眉をひそめた顔がセクシーだった。

「よかった？　たくさん出たね」

「うん、よか……あ、出したらもうできないよ。二回目とか無理だもの」

「あ」

しまった。でも、楽しかったからいいか。けらけらと笑って、二人でもう一度お風呂に入った。

「ベッド使って。狭いし、私はこっちで寝るから」

「いいの？」

「うん。ドラマ観ながらうとうとする」

毛布をかけ、いつもの姿勢でノワールに寝転がる。すると、湊さんはこちらをじっと見つめてきた。

「どうしたの？」

「いや……それいいなって思って」

「ソファ？」

「うん。二人がけに寝っ転がるのとは違う安定感があるね。萌花さんが小柄だからできることだろうけど。時々、子供もそういうのやってるよな。くぼみに体を押し込んで寝る、みたいな」

「いいと思うなら、作ってみたら」

「ええ？」

「私のこれ……ノワールはたぶん、大柄な男性でも楽に座れるようにって設計されたソファだけど。男性の体が横向きにすっぽり、抱っこされてるみたいに収まる一人がけソファってのも、いいんじゃない」

「そうねえ。欲しいかもな。よく眠れそう」

「よく眠れるよ。欲しいものは、作ってみるといいよ」

「考えてみる。おやすみ」

おやすみ、と毛布の端から手を覗かせて左右に振り、ベッドルームに消える背中を見送る。いつも通り、なるべく落ち着いた気分を保ちながらテレビ画面を眺めて眠った。

少し、怖かった。別に恋人めかしてベッドで一緒に眠ったっていいのだけど、湊さんはしばらく再婚はしない、と明言している。三年前に死別した奥さんのことを心中で整理できておらず、思春期を迎えて情緒が揺れがちな息子さんへの影響も考えると、当面はそうした変化は選べない、と初めてランチに誘ったときに釘を刺された。あなたが結婚を望むなら、僕はけっしていい恋愛の相手ではないです。

なので、今の私と湊さんの関係は友達だ。肉体関係のある友達。また、澄香を嘆かせるようなことをしている。だけど、私のものを奪わない人だ、と信頼できる男性は本当に久しぶりだった。

ノワールに頰を寄せる。今日も温かくて柔らかい。だけど座面のもっとも体重のかかる位置はへこみ、表面が擦り切れている。私を抱きしめてくれるこの黒い体も、永遠ではない。怖い、と思う。そう思って眠ったせいか、また悲しい夢を見た。私は失敗して、愛を失って、抱かれていた腕から落とされる。安心していた場所が遠ざかる。肝を冷やす浮遊感が体を襲い――。

ぼよん、と弾力のある温かさに受け止められた。

驚いて目が覚めた。透明な朝の光に満たされたリビングの天井が見える。足の裏に、フローリングの感触。落ちた？　ああ、眠っている間にノワールから落ちてしまった。光沢のある黒い塊が視界の右端を埋めている。

落ちたのに痛くなかった。

なぜだろう、と体を起こし、尻の下に温かくて柔らかいものが敷かれているのに気づいた。

ここしばらく夢に出てくるほどいじりまわし、微調整を繰り返し、昨日とうとう完成品が関係者全員に配られた、新商品のサンプル。

湯たんぽ機能のついた、長さ一メートル五十センチ、幅五十センチの抱き枕だ。耳と手足がぐてんと長い、脱力感のあるうさぎの形は湊さんがデザインした。表面はさらさらとしたタオル生地だが、内部は足湯長靴セットから改良を繰り返した保温性の高いゴム素材でできており、三リットルのお湯を注ぐことで布団の中で最長で十時間、人肌に近い温度を保ってくれる。うさぎが両手で持っている人参はポケットになっていて、アロマオイルを数滴垂らしたハンカチなどを入れて香りを楽しむこともできる。

ローテーブルの上には、雑な字で書かれたメモが残されていた。

『ねぞうわるいね。またね』

ソファから落ちそうになっている私を見て、薬缶二杯分のお湯を沸かしてくれたのか。遊び心あふれる友達の、笑い声が聞こえた気がした。温かいうさぎを膝に乗せ、ノワールに座り直す。合皮の擦り切れた箇所をそっと撫でる。

きっと私が、少なくとも「ぬくもり」に困る夜はもうない。

ばかばかしい、と笑われるだろうか。けっこうたのもしいよ、と私は思う。

スマホを手に取り、ソファの修繕を請け負う店を探し始めた。

二十三センチの祝福

お葬式をしました、でその手紙ははじまった。

あなたにもらった靴の、お葬式をしました。二回、かかとの修理に出し、三回、自分で色を塗り直しました。だいじにだいじに履きました。加納達夫《かのうたつお》は遠い土地から送られてきた手紙を丹念に読み直し、便せんの最後に綴られた差出人の名前を眺めた。天海《あまみ》ルルコ。もうこの世には存在しない女からの手紙だった。四つ折りにして机の引き出しへしまい、コンビニに祝いのケーキを買いに行った。

加納がその女と出会ったのは、散った桜が道路端でしおれている春の終わりのことだった。前々から、同じアパートにうす暗い感じの女がいるな、とは思っていたのだ。住民用のゴミ捨て場や、近所のコンビニでたまに見かける猫背の若い女。いつも薄茶のサングラスをかけている。表皮が擦り切れた古い靴を履き、いかにもセールのワゴンから五百円で引っ張り出したような安物の服を着ている。

不幸そうな女なんて厄介な生き物には、関わらないに限る。そう思いつつも、横顔が学生時代に好きだった女の子に似ている気がして、気になっていた。挨拶を重ねるうちに少しずつ親しみ、天気の話ぐらいはするようになった。

アパートのすぐ裏手のコインランドリーに居合わせたある晩、洗濯物が乾燥するのを待つ間に話しかけた。

「俺はよく、暇になると酒を飲みながら自分の靴を直すんだけど。そちらの靴も直しましょうか。ついでに」

唐突な申し出に、女はファッション雑誌から顔を上げた。夜でもかけたままのサングラスの奥、くっきりとした二重の目が加納をとらえ、不思議そうに自分の靴を見下ろす。ジーンズのすそからのぞく、つま先がへしゃげた黒色のパンプス。側面の塗料が剝《は》げ、全体的に色がくすんでいる。

女の豊かな唇が、あ、のかたちに動いた。自分の靴が傷んでいることに、気づかなかったらしい。女は恥じ入るように肩を寄せた。

「けっこうです。捨てて、新しいのを買います」

「でも、すぐ直せますよ、そのくらいなら。捨てちまうのはもったいないでしょう」

すぐ、というのは言い過ぎだった。それなりに手間はかかる。けど、加納は女の靴を直してやりたかった。女の財布に余裕がないだろうことは、服装からも分かっている。それ以外にも、加納はたびたび目にするこの女に、流しの奥からゴキブリが這い出してくるような安アパートに住んでいる者同士の、ほの暗い連帯感を持っていた。家庭を失って引っ越してきたばかりの加納もまた、あまり幸福ではない時期だった。彼女の靴を直すことは、自分の靴を直すのと同じことのように思えた。

「三日ほど預けてくれれば、きれいにしてお返しできます」

短い沈黙の間、彼女が何を考えていたのかは分からない。けれどしばらくして、女は眉をひそめて苦く笑い、じゃあお願いします、と頭を下げた。

あまみ、と名乗ったその女は、加納のちょうど真上の部屋に住んでいた。洗濯物を片手に部屋まで案内され、脱いだ靴を引き取って帰ろうとしたところで、女は加納のポロシャツのすそをつかんだ。

「私の顔、ごぞんじですか？」

振り返ると、女はサングラスを外していた。妙なことを言う、と怪訝《けげん》に思いながら加納は女の顔を見直した。

やっぱり、どこかで見たことがあるような顔をしている。年頃は加納よりもすこし若いようだ。白い、くすみのない卵形の顔に、やや垂れ気味の大きな瞳《ひとみ》。唇の下にほくろが二つ。涼しい風がそちらへ流れているような、すっと目をまねかれる美人だ。けれど、やはりどこか気が弱そうで、幸の薄い顔をしている。中学の頃に好きだった、隣のクラスの子に似ている。しかし、名前は思い出せない。

「同じ中学でしたか？」

女は目を丸くした。むずがゆそうに唇を動かし、少し笑う。

「天海ルルコと申します、靴、よろしくお願いします」

なぜかフルネームで名乗り直した後、ルルコは部屋の扉を閉めた。

加納は都内の数十箇所に店舗を持つ大手家具メーカーの新宿本店で、リビングフロアの責任者をやっている。入社十年目。収入は人並みだが、早くから大手町、青山、秋葉原と都心の大きな売り場を任され続け、手ごたえのある充実した日々を送ってきた。接客が、彼の性格にはあっていた。目の前にいる客の家のつくりや財布の中身、趣味嗜好《しこう》を想像して、これぞと思う商品を提案するのは楽しかった。人当たりの良い加納は客にもスタッフにも評判がよく、彼の担当する部門の売り上げはいつも好調だった。

昼休み、売り場の修正に駆け回りくたくたになって休憩室に入ると、スタッフが残した古雑誌がソファの端に積まれているのを見つけた。加納は湯を注いだカップ麺《めん》が出来上がるのを待ちながら適当な雑誌を開いた。知っている漫画を拾い読みして、最後にグラビアページをめくる。麺をすすって二冊目に手を伸ばしたところで、ページをめくる手を止めた。

グラビアコーナーの最後の方、一ページの六分の一という小さなスペースに、見覚えのある女が写っていた。レモン色のビキニからこぼれ出そうな大きな胸を、危うい角度で押さえている。女の目のあたりの、どこか嗜虐心をそそる甘い陰りを知っている気がして、名前を探す。『奇跡の美乳☆Fカップアイドル天海ルルコ』。事態を理解するのに五秒かかった。つまりあの冴えない女は、グラビアアイドルだったのか。Fカップというほど胸は大きかっただろうか。ピンと来ない。ただ、猫背だったことは覚えている。それで分からなかったのかも知れない。

加納は雑誌の表紙を確認した。昨年の、十一月号。つまり、半年近く前の雑誌だ。妙な偶然もあるものだ、と丸めた雑誌で肩を叩き、空のうつわを捨てて休憩室を出た。

その日は予算の作成に手間取り、東中野のアパートに戻ったのは零時前だった。足を乗せるたび、かんかんと薄い音が鳴る鉄製の階段を上って二階の自室へ向かう。

ふと魔が差して、心もち足音を殺しながらもう一階分、段を上がった。

踊り場から首を伸ばして覗いた先、三〇二号室。ルルコの部屋の電気はついていなかった。


湯上がり、加納はビール片手にルルコの靴を引っぱり寄せた。新聞紙を敷いた上に並べる。黒色の、合成皮革のパンプスだ。サイズは二十三センチで、五センチほどのヒールが付いている。色が剝げて、皮の表面がささくれている他、ひっくり返すとヒールのゴムの外側が削れているのが分かった。歩き方の癖が強いのだろう。人間なかなか、真っ直ぐに姿勢を崩さず歩くのはむずかしいのだ。加納にも、スニーカーのつま先が削れていく癖がある。ビールをすすり、まずはヒールの修理から始めることにした。

大学時代、物珍しさから靴屋でバイトをしていたことがある。小売りの他、修理やオーダーメイドなどなんでもこなす商店街の靴屋だったその店は、簡単な修理ならアルバイトにやらせてくれることが多かった。専門店で千円や千五百円の手間賃を取られる修理が、実は身近な工具で簡単にできることを知り、加納はよく学科の友人の靴を直して飲み代を稼いでいた。

飲み終わったビールの缶を逆さに置いて、パンプスの履き口を引っかける。作業の間、靴を支える台金《だいがね》代わりだ。これは、靴屋の店主から教わった。工具箱からペンチを取りだし、ヒールの先端の削れたゴムパーツを取り外す。

作業は三十分ほどで終わった。ヒールに新しいゴムパーツを差し込み、はみ出した部分をやすりで調整する。色の剝げた箇所には黒のクリームを擦り込んだ。あとは明日、クリームが乾いた頃に、ワックスで磨き込めば完成だ。久しぶりだったものの、思ったよりもうまくいった。加納は上機嫌でもう一缶、ビールのプルタブを起こした。

酒が進むと、時間がゆがむ。

その晩、娘の夢を見た。

二歳の娘をベビーカーに乗せて、公園へ散歩に行くのだ。季節は秋だった。くるぶしを埋めるほど深く積もった落ち葉を蹴飛ばしながら、赤い西日へ向けて進んでいく。ひざ掛けから覗く靴下の先を揺らし、あわあわと水っぽい声を上げる娘の姿はベビーカーの日よけに隠れてよく見えない。

もう夕飯の時刻だから家へ戻らなければと思うのに、足がどうしても帰ることを嫌がってしまう、そんな夢だった。暮れていく一本道をえんえんと歩き続けるうちに、娘の声がしなくなった。目を下ろしても娘の愛らしい足はもう見えず、若い女のものらしい痩せた足指がひっそりとひざ掛けのすそから覗いている。もうベビーカーに乗っているのがほんとうに娘なのか分からなくなってきているのに、気づかないふりをして、悲しい気分でいつまでも歩いた。

目覚ましが鳴った瞬間、とっさに、おもらしを確認しなければならない、と跳ね起きた。新生児の尻はかぶれやすいのだ。朝のおむつ替えは、妻よりも寝覚めの良い加納の担当だった。すぐ隣の布団の、うさぎのイラストが入ったタオル生地のシーツが濡れていないかと、手を伸ばす。

ざり、と目の粗い畳に手のひらを引っ掻かれ、加納はようやく覚醒した。娘はもうおむつなどしていない。それどころか、次の春からはぴかぴかのランドセルを背負って小学校に通うことになっている。すでに名字すら異なる娘と加納の間には、月七万円の養育費の支払いの他、なんのつながりもない。そして兄弟も親戚もなく、両親を既に亡《な》くした加納は、この世の誰とも家系的に結びついていない。たった一人、落ちている途中の雨粒のように宙に浮いている。

枕元《まくらもと》の目覚まし時計を見た。朝の五時半。昨日の早出勤の時刻にセットしたままになっていた。今日は遅出勤なので、家を出るのは昼すぎになる。加納はかすむ目を凝らし、カーテンの隙間から外を覗いた。春の夜明けはまだ浅く、世界が青い。

かつての妻とは、店員と客という関係で知り合った。

入社二年目、加納が青山店のダイニングフロアで接客をしていたある夕方、見るからに高級そうなワンピースを着た若い女がハイヒールを鳴らしてつかつかと歩み寄ってきた。加納の腕をつかみ、あれと、これと、それと、それと、といくつかの大型家具を指さして、ぜんぶまとめて何ＬＤＫのリビングなら入りますか、と大まじめに聞いてくる。馬鹿げた質問に加納は面くらい、ＬＤＫはリビングの広さを表す単位ではないことを言葉を選びつつ説明した。

女は、父親の経営するソフト開発会社でシステムエンジニアをしている筋金入りのお嬢様だった。過保護な父親への反発から実家を出ようと決意したものの、いざ自立となると何から手をつければいいのか分からない。とりあえず勤務帰りに、なんの進展もなく家に戻るのが嫌で、目に付いたこの家具店へ飛び込んでしまったらしい。加納はまるで異星人の言葉を聞くように彼女の身の上話を聞き、とりあえず住む家を決めなければ家具は選びにくいことと、女性の一人暮らしならちゃんとセキュリティの整備された物件を選ぶようアドバイスした。彼女は神妙な顔で加納の説明を聞き、最後に、連絡先ちょうだい、と白い手のひらを向けてきた。

翌日から、加納のメールボックスにはマンションの探し方や契約の仕方について、彼女から細かい質問が送られてくるようになった。蛇口ひねっても水が出ないんだけど。ガスってどこに電話すればいいの？　面倒なことになった、と顔をしかめながらも、加納は業務の合間を縫って彼女の質問にこつこつと返信を続けた。彼女の提示した家具の購入資金が、桁外れに大きかったからだ。うまく誘導できれば、月予算まであと百五十万ほど足りない売上の穴を、この世間知らずのお嬢様一人で埋められるかも知れない。

二週間後、加納は女の新居に家具のフルセットを運びこみ、無事にその月の予算を達成した。ウォールナットの無垢材テーブル、イタリア製のブランドソファなど、しめて百三十五万円をカードの一括でためらいなく払ったお嬢様は、芽衣子《めいこ》と名乗った。世話になった礼をしたいと、自由が丘のフランス料理店に誘われ、その夜から思いがけなく交際がはじまった。

世間ずれしていない芽衣子の危うさと初々しさは、日々店のやっかいな人間関係を采配し、クレーム対応に追われる加納にとって、冷えた水のように新鮮で胸を洗うものだった。芽衣子は接客業に携わる人間なら考えられないほど、他人への好悪をあけすけにあらわにする。あの人好き、あの人嫌い、あなたのことは、そうね、好き。好きだけどさ、もっとかっこい い服着てよ。歯切れのよい芽衣子の口調が、自分へ向けられたときだけわずかににごり、羞恥をにじませる。それに気づいた瞬間、加納は強い酒をあおった時のような酩酊を感じた。

オフィス勤めの芽衣子にとっても、一人一人の客を相手にする加納の地道な仕事が珍しく思えたのかもしれない。一年ほど交際を続け、二人は芽衣子の父親の反対を押し切って結婚した。互いの貯金でマンションの頭金を払い、家具はほとんど芽衣子が買った新品同然のものを運び直した。

価値観のオウトツを埋め合うような、刺激的で楽しい結婚だった。華美な世界に生きてきた芽衣子はいつも明るく、流行の話題に富んでいた。結婚後はシステムエンジニアから事務アルバイトに職種を変え、代わりにままごとのような家事をやりはじめた。洗濯をしては脱衣所を水浸しにして、料理をすれば生煮えの肉じゃがを食卓に乗せる。芽衣子は本当に、掃除も料理もなにも出来ない女だった。けれど、不器用な彼女の手を取ってやり方を教え、生活を紡いでいく時間を加納は愛した。

すこしずつ、夫婦のあいだにひずみが生まれてきたのは、芽衣子が妊娠した頃からだった。「さわらないで」とはじめて手を払われたとき、加納の頭は真っ白になった。

妊娠二ヶ月目を過ぎて、芽衣子は加納との接触をいっさい拒むようになった。「受けつけない」のだと言う。「自分でも分からない。でもイヤなの」顔をしかめた彼女はアルバイトを辞め、慣れ始めていた家事も止め、一人で部屋に閉じこもってひたすら音楽を聴いているか、妊婦や母親が集うネットの掲示板を何時間も眺めていることが多くなった。

加納には、さっぱりわからなかった。妻が、確かに奔放ではあったけれど自分と一緒に居ることを好んでくれていた妻が、なぜいきなり変わってしまったのか。恫喝《どうかつ》まがいのクレームの対応に追われ、くたくたになって帰宅すると、妻はとっくに友人と食事を済ませて眠っている。おはようもおやすみも言い合えない日々が続いた。加納は可能な限り、妊娠中に欠乏しやすい栄養に配慮した料理を作ったり、口当たりのいいフルーツを冷蔵庫に切らさないようにしたりと心を砕いた。掃除も洗濯も、早めに帰宅できた日になんとか回した。

けれどボーナス支給の時期など、加納の仕事が繁忙期に入ると家事が行き届かず、あからさまに家の中は荒れた。部屋に溜まったホコリを指さし、胎児に悪影響がでる、と芽衣子は怒鳴る。あなたは父親の自覚が足りない、世の中の他の父親はもっと良くしてくれる、と何時間でも怒鳴り続ける。加納は夜叉のようにまなじりを吊り上げた芽衣子を前に、呆然としていた。今日だって、予定外の早出勤が入り、四時間しか寝ていないのだ。流しに溜まった汚れた皿を洗うのが精一杯だった。よくわからない。何が起こっているのだろう。

何よりも辛《つら》いのは、そばへ寄るたび、まるで汚いものが来たかのように眉をひそめられることだった。週に二、三度、抱きしめてお互いをいたわりあっていた頃がなつかしくて、悲しかった。

キーワードはホルモンなのよ、と笑い飛ばしたのは、店でファブリックを担当している中年の主婦アルバイトだ。

なんでも、妊娠すると多くの女の人が情緒不安定になったり、急にそれまで平気だったことがダメになったり、夫の身体の匂いに耐えられなくなったりするものなのだという。一時的な病気と似たようなものだから、優しく支えてあげなさいよ。妊娠中って辛いのよ？　お腹重いし、いらいらするし、背中や足の付け根も痛くなるし。訳知り顔で語る主婦に肩を叩かれながら、加納は眩暈《めまい》を感じていた。匂い？　匂いがどうしたって？

夕方、家に帰ると芽衣子は朝に着ていたパジャマのまま、和室の布団に横になっていた。加納は冷やし中華と蒸し鶏を用意し、芽衣子を起こそうと和室へ向かった。こちらへ向けられた、背中が重い。六ヶ月に入り、すこし肉が付いたようだ。

めいこ、と呼び起こそうとして、昼間の主婦の言葉が耳に蘇った。加納は布団の上に膝を落とし、手を伸ばして、痛みをなだめようと芽衣子の背中をさすった。

ぱちん、と乾いた音が鳴った。

一瞬、手を打たれたのが分からなかった。

「イヤだって言ったでしょう！　女房がこんな苦しんでるときに何考えてるの？　あんた本当に、頭おかしい。狂ってる。狂ってるよ！　自分のことばっかり！　毎日毎日、あたしがこんな思いしてるのに、あんたはあんたのことしか考えてない！」

振り返った芽衣子は、強く、強く、加納をにらんだ。憎しみのこもった、針のような目だった。加納は舌がひからびていくのを感じながら、ちがうんだ、そんな意味じゃない、とうわごとのように呟いた。

「夕飯ができたんだ」

「……いらない。匂いだけで吐きそう。扉しめて」

芽衣子は暗い顔をして首を振り、身体をかばうように布団にくるまった。加納は頷き、顔を歪めて和室を出た。

自分の中の、柔らかく水っぽい、芽衣子のそばに行きたい、行きたい、と肋骨の内側であがいていた小さな生き物が、踏み潰されてしまった気がした。その弱い生き物は死んでしまった。その夜、加納は二人分の冷やし中華を目を見開いたまま、一声も漏らさずに泣きながら食べた。食べきれずに、半分近くをゴミ箱へ捨てた。

それからしばらくして、娘が生まれた。無垢で、瞳の美しい、光のかたまりのような娘。出産後、芽衣子は憑きものが落ちたように穏やかになった。加納の作った食事を食べるようになり、子供をあやしながら、晴れた日にはまた家事をするようになった。

賑やかな娘を寝かしつけた真夜中、青白い顔で芽衣子は加納の背にひたいをあてる。

「私、病気だったの」

「知ってる」

「なんであああなったのかわからない。すごく不安定で、暗い考えが止まらなかった。そうなっちゃう人も、いるんだって」

「そうだったんだろうね」

「許してほしいの」

「許してるよ」

「――うそ」

指先を服へ埋めるほど、深く。芽衣子の白い手が加納の肩をにぎり、そのまま腕をたどって息の絶えた羽虫のようにシーツへ落ちた。加納はそのひっそりと動かなくなった妻の指先を、黙って静かに眺めていた。

出勤の前、加納は磨き上げた靴を袋に入れてルルコの部屋のドアノブに下げておいた。その日の晩、明日の休みをいいことに酒を飲みながらパソコンに録り溜めた番組を観ていると、控えめに玄関の戸を叩く音がした。ドアスコープの丸い視界に、サングラスをかけた女の顔が映っている。

扉を開くと、夜分遅くにすみません、とサングラスを外したルルコが頭を下げた。

「靴、ありがとうございました。あんなにぴかぴかになるなんて、思わなかったです」

そう言って、重さのあるビニール袋を差しだしてくる。袋のなかにはそら豆の実が大量に入っていた。さやから剝《む》いたばかりなのか、まだ表面がみずみずしく、青い匂いが立ちのぼってくる。

「実家から送ってきたものですが」

「剝いてくれたの」

「はい」

「ありがとう、ビールのつまみにちょうどいい。暇だし、ご近所さんだし、またなにかあったら直すから、気軽に言ってくれ」

ふと、加納はルルコの靴を見た。今日は、柔らかい革のショートブーツだ。つま先に雨染《あまじ》みが付いている。ルルコは加納の目線を追い、苦笑してつま先を重ねた。

「あまり見ないでください」

「そのしみもとれるよ。あと、かかとも削れて歩きにくいだろう」

「加納さん、すこし意地悪ですね」

下唇を突き出したルルコの顔は、昼間の雑誌で見たものと同じだった。ただ、口元のほくろの数が違う。雑誌では一つで、今は二つだ。撮影の時には、画像加工で一つ消しているのだろうか。

「雑誌、みたよ。見つけた。有名人だったんだね。変な言い方かも知れないけど、きれいだった」

ルルコの目が、丸くなった。すこし間を置いて、情けなく眉を下げて笑う。

「有名じゃないです。なかなか売れなくて。でも、ありがとうございます」

じゃあ、と頭を下げた彼女を見送り、加納は扉を閉めた。ルルコの柔らかい物腰は、妻と出会った頃に感じたのと同じ、心地よい涼しさを胸の内側に残した。

そら豆は、塩ゆでにした。

二日経《た》って、またルルコの靴を預かることになった。革のショートブーツと、ヒールの欠けたミュール。一週間かけて直して、またドアノブにひっかけておく。その後も加納は暇な夜にはルルコの靴を預かり続けた。エナメルのパンプス、ラメ入りミュール、足首の細い編み上げブーツ。傷が入り、塗料が剝げ、靴底の削れたそれらをていねいに直していく。ルルコには、足の外側に体重をかたよらせる癖があるらしい。

美しい代わりにラインが細い、いかにも足を苦しめていそうな女の靴をもくもくと手当てしていると、不思議と胸のどこかが安らかになった。ルルコが傷なく光る靴を履いて、歩いて行くのを見るとうれしい。そこはかとない不幸の影さえぬぐわれれば、ルルコはとてもきれいな女なのだ。彼女の美に荷担して、この何の変哲もないボロアパートからシンデレラを世に送り出している気分になる。

夏のセールも終えたある休日、出来上がった靴を届けに行くと、袋をかけたドアノブが回って奥からルルコが顔を出した。

「加納さん」

「あれ、珍しいね」

「今日はオフなんです。加納さんも？　よければ、ビールでも飲みませんか」

「いいの？」

「どうぞどうぞ。また実家から野菜が届いて、一人だと食べきれなくていつも腐らせちゃうんです。食べていってください」

ルルコの部屋は全体的にものが少なく、整頓されていた。間取りは加納の部屋と変わらない。手触りの柔らかいものが好きなのか、ファーの付いたクッションやソファカバーが目立つ。板張りの台所では、「長野りんご姫」と表面にプリントされた大きな段ボールが天井へ向けてふたを開いていた。中を覗くと、トマトや茄子、大根などが隙間なく詰め込まれている。緑色が目に鮮やかな豆類も多い。

「すごいね」

「ええ。近所に分けろって言うんですけど、私、あまり近所づきあいないし。でも、そんなの田舎に住んでる父達にとっては、考えられないことなんでしょうね。天ぷらにするんで、少し待っててください」

細身のTシャツにハーフパンツというラフな格好をしたルルコは、そう気軽に言って加納を和室へ通した。六畳間の真ん中に、ローテーブルと座布団が並べられている。背後でルルコが天ぷらを揚げる音を聞きながら、加納はベランダへ通じるガラス戸を覆う遮光カーテンを眺めた。ぴったりと、隙間なく閉ざされている。色は、女性らしからぬ渋い青色。確かに今日の天気はよくないし、午後には雨も降るらしいが、日が高いうちからこんなに閉めきってしまうものだろうか。外の光がまったく入ってこない。

大皿いっぱいの野菜とちくわの天ぷらの他、切ったきゅうりに味噌を盛ったものを運んできたルルコは、冷蔵庫からよく冷えたビールを数缶取りだしてローテーブルに並べた。加納へすすめ、自分もプルタブを起こす。加納は乾杯の代わりに缶を持ち上げ、輪切りにされた茄子の天ぷらに箸《はし》を伸ばした。口へ放り込むとさっくりと軽く、歯ごたえがいい。こがね色の衣にふられた塩が、ほどよく野菜の甘みを引き立たせている。

「うまい」

「よかった。料理好きなんです、つまみしか作らないけど」

「うまいよ、ほんとうに。びっくりした」

「グラビアアイドルの趣味が料理なんて、あざとすぎて嘘っぱちみたいですよね」

「いいんじゃないか？　夢を売るのが仕事だし、趣味がバス釣りとかパチンコとか言うより、社会の役に立ってる」

ふふ、とルルコは吐息で笑う。

酒が進むにつれ、彼女はまるで会話に飢えていたかのように、さまざまなことを語りはじめた。仕事のこと、野菜を送ってくる長野の家族のこと。

そもそもはじめは、俳優になりたかったのだという。高校生の頃、たまたま目にしたティーン向けファッション雑誌のオーディションを受け、三位に入賞してモデル事務所に入った。

「けど、けっきょくダメだったんです」

「なぜ？」

「二十歳の頃から、胸とお尻が大きくなりすぎちゃって。服をきれいに見せるのが仕事なのに、バランス悪くなっちゃうんですよ」

モデルとしては仕事がなくなり、代わりに集まってきたのがグラビアの依頼だった。ただ、これはチャンスだよ、とマネージャーは言った。グラビア出身の俳優はたくさんいる。服よりも身体や顔のアップが多い分、ファンにも覚えてもらいやすい。結局ルルコはマネージャーのすすめに従って服を脱ぎ、今にも胸がこぼれ落ちそうなきわどい水着を着るようになった。それから六年。雑誌の他、Vシネにも何本か出演し、トップアイドルとまではいかないものの一定のファンが付くようになった。

「なので、プロフィールだと二十二歳ってことになってるけど、ほんとうは二十六です」

酒に弱いたちなのだろう。ビール一本でほてった指をひらひらと揺らし、ルルコは楽しそうに打ち明ける。

「ちょっとずつファンの人も増えてきたし、これからです」

加納は鈍く相づちを打った。ルルコが同じアパートに住んでいると知ってから、興味本位で「天海ルルコ」をネットで検索したことがある。「ＡＶ転向を期待するグラドルランキング」というグラビアファンの掲示板がすぐにヒットし、スレッドを覗くとルルコはランキングの六位に入っていた。腰つきエロい、マシュマロ胸がいい、などの好意的なコメントの並びに、「そろそろ落ち目だし脱ぐんじゃね」と容赦のない一文が棘のように紛れこんでいた。

一本目のビールが空くと、加納はカーテンを指さした。

「前から気になってたんだけど、目でも悪いのか？　夜でもサングラスだし、カーテンも」

「ここに引っ越してくる前、困ったファンに付きまとわれたんです。下着盗まれて、郵便受けに毎日手紙と、汚物の入ったコンドーム。だから、あんまり人に顔を見られたくなくて」

「そりゃひどいな」

「でも、そういうの多いんですよ。このアパートも、大家さんが事務所と付き合いのあるおじいさんで、なにかあったらすぐに駆けつけてくれるってことで選びました。……けど、そうだな、加納さんがいる間は、カーテン開けておいた方が良いかな」

一瞬意味をつかみ損ね、加納はまばたきを繰り返した。カーテンに手をかけるルルコを見上げる。

「そうか、そうだね。開けておいた方が安心だ」

ルルコは振り返ると首を傾け、一拍置いて笑い出した。

「やだ、そういう意味じゃないです。ごめんなさい。男の人が居るとこを外に見せた方が、逆に変な人が寄って来にくくなるかなって」

「俺は安全扱いなのか？」

「私、そういう勘は鋭いんです。こんな仕事してるから。加納さん、会った時から私を女っていうより、かわいそうな犬や猫を見るのと同じ目で見てる」

加納はふいに、皮膚の内側をルルコに覗かれたような居心地の悪さを感じた。小さな蛇がもぐり込んだみたいに、ぞろりと下腹部の奥が冷える。辛うじて口角で笑い、さも心外だ、とばかりに肩をすくめた。

「そんなつもりはないけど、信用してもらえるのはうれしいよ」

「ふふふ」

ガラス戸を開いて網戸を引いたルルコは、席に戻ると微笑んだまま、二本目のビールのプルタブを起こした。加納の手元にも追加のビールを押しやる。

「なんだっていいんです。うれしいんです。私、あまり友達も居ないんで、こういうご近所づきあい、あこがれてました」

「そうか」

「靴、いつもありがとうございます。直してもらうの、くすぐったくてうれしい。ひっかき傷つけちゃっても、加納さんに直してもらおうって思えるの、ほんとにうれしいです。お礼に、たくさん飲んで、食べてってください」

「夢を売る仕事なんだし、早くいい靴履けるようになるといいな」

「そうですね。……もう私は古株なので、撮影のたび、美容院代が自分持ちなんです。仕事ないときは新宿のバーで働いてるんですけど、それでも毎月、財布が苦しくて」

「厳しいね」

「でも、そんなものなんです。アイドル仲間には、もっとしんどい暮らしをしてる人もいます」

膝の辺りまで赤くなったルルコは足を伸ばし、長野から送られてきた段ボールをそっと蹴った。

「父と母は、私が代々木でＯＬやってるって信じてます」

桜色に塗られた足の爪を眺めて加納が返答に迷っていると、ふいにベランダから入る風に水っぽさが混じった。空が陰り、夕立が日暮れの町を濡らしていく。加納は開きかけた口を閉じ、空にした缶を親指でへこませて、「なんか持って帰る靴ある？」と腰を浮かせた。

アパートの外階段を下りているうちに、雨は本降りになった。自室へ戻り、ルルコから貰ったトマトときゅうりを玄関に残したまま、和室のカーテンを開いてベランダ越しの空を見上げる。雷を引き連れた激しい雨がざあざあとガラス戸を洗っていく。冷たい蛇を追い出すよう、加納は無意識に下腹をさすった。

テーブルに置いたままだった携帯が光った。メール画面を開くと、芽衣子、と文字が浮かぶ。タイトルは、『土曜日の件』。

『いつも通り十一時三十分にそちらに着く電車に乗せます。日曜日は、午後三時にピアノ教室があるので、昼には帰すようにしてください。』

加納はぼんやりと妻の文面を目でなぞり、やがて『わかりました。』と返信した。ふと、怠惰にものが散乱した青暗い部屋を見回し、立ち上がって掃除を始める。

娘が生まれた後は、不思議とうつむく妻の首筋にばかり目が吸い寄せられていた気がする。血管が透けて見えるほど白い、髪の間から無防備に剝き出された人体の一器官。肉は薄く、浮き出た骨の連なりがどこか痛々しい。なぜそんなに目を惹くのだろうと考えて、加納はそれまで妻に「うつむく」という習慣がなかったことに気がついた。

珠のような娘をいとおしく思いながらも、加納が妻を受け入れられる日はこなかった。ボディクリームの香る肌に触れるたび、憎しみのこもった目で突き刺された瞬間を思い出して身体が冷える。あれが、病なのか。あれを病と呼んで、飲み込まなければならないのか。

夫のてのひらのおびえを、いつだって芽衣子は察していたようだった。彼女は蒼白な顔で加納へ寄り添い、自分がまた慈しまれる日を辛抱強く待っていた。お互いが仕事と育児に忙殺されるうちに、年月は飛ぶように過ぎた。

甘えてくる妻の身体をそっと押しのけることを繰り返し、そのたびにこちらを見上げる彼女の瞳がガラス玉みたいにうつろになっていくのを知りながら、加納はじっと黙っていた。うれしかった。

陰っていく妻の首筋を見ていると、まるで美しい植物の茎を奥歯で噛み潰しているような、うす暗い官能が脳へ広がっていくのを感じた。傷ついているという一点で、時が経てば経つほど妻と自分は似通っていく。幸福だった。二人、冷えた布団で向かい合い、だらだらと傷口から血を流し続ける一対の奇怪な生き物になった気がした。

暗くやつれた顔をむけ合う他に夫婦の交流は生まれず、娘が三歳になった年、芽衣子は離婚届を食卓へ乗せた。

「あなたはわたしをゆるさない」

噛んで含めるように加納へ言って、薄く笑った芽衣子は泣き出しそうに眉を歪めた。

「わたしもあなたを、ゆるせない」

加納は黙って判を押した。幼い娘は、当然のように芽衣子が引き取った。都心のデザイナーズマンションを引き払い、芽衣子たちは親元へ帰り、加納は養育費を払うためと、それまでの小綺麗な暮らしを捨てたい衝動に駆られて、大学時代に住んでいたような木造の古いアパートに引っ越した。

はじめは月に一度と約束されていた娘との時間は、一年も経たないうちに三ヶ月に一度へと間隔が伸ばされていった。塾にピアノに稽古事《けいこごと》。子供の時間はすぐに埋まる。


土曜日は、晴れた。有休を取って約束の時間に改札口で立っていると、桜色のワンピースにニットのカーディガンを合わせた娘が、パパ、と駆け寄ってきた。背中にうさぎのキャラクターが描かれたリュックを背負っている。美月《みつき》、と呼びかけて加納は娘と手を繋いだ。

「腹へったろう。なにが食べたい？」

「あのね、ホットケーキ！　このまえ食べた、クリームいっぱいのってるやつ」

美月のポニーテールがふわふわと揺れ、隣を歩く加納の腕をくすぐる。離れて暮らす加納にとって、あどけない娘の声は蜜のように甘い。この小さな背が数ヶ月後にはランドセルを背負うなんて、いまだに信じられない。

加納はいつだって恐ろしく思っている。大きくなった娘が自分の手を振りほどき、美しいハイヒールを履いて遠くへ行ってしまうこと。生クリームの乗ったホットケーキなんて馬鹿げたものは間違ってもねだらず、いつか、母親と同じ目で自分を睨みつける日が来ること。

デザートの充実したレストランで食事をとった後、京浜東北線で上野へ移動した。前々から美月が行きたがっていた科学博物館へ向かう。チケットを買って中に入ると、休日なだけあって館内は親子連れで賑わっていた。

「ようちえんの宿題で、鳥の絵を五枚描《か》くの」

そう言って美月はリュックサックからA5サイズのスケッチブックと十色入りの色鉛筆を取りだした。ページをめくるとすでにハト、カモ、ニワトリ、スズメと四羽の絵が描かれている。親馬鹿かもしれないが、色使いが鮮やかで、鳥の特徴をよくとらえた愛らしいスケッチだった。

加納は美月の手を引いて、色とりどりの鳥の剝製が並んだ鳥類のコーナーへ向かった。あれがいい、と美月は首を持ち上げたシラサギを指さす。近くのベンチへ腰かけて、新しいページに色鉛筆を動かし始めた。

加納は娘の手元を横から覗き、うまいなあ、白い鳥を描くならまわりの色を塗って浮き上がらせた方がいい、などと声をかけた。近くを通りすぎる老婦人が「娘さんと一緒でいいですね」と言わんばかりに目を細めて微笑みかけてくる。自分たちはそんなに幸せそうな親子に見えているのだろうか。加納はあいまいに眉を下げて会釈を返した。婦人が通りすぎるのを待って肩をすくめ、手元に集中する娘の頰を見直す。金色の産毛《うぶげ》がうっすらと立った、果物の匂いがする頰。

「美月はほんとに絵がうまいな」

「ママがね、ママは絵がへただから、みつきが絵がじょうずなのはパパ似だって」

「へえ」

「パパ、ピアノじょうずだった？」

「いや、音楽はぜんぜんダメだったな」

「じゃあ、みつきがピアノダメなのも、パパ似だね」

美月は丸い目で父親を見上げ、おもむろにスケッチブックを加納の膝へ乗せた。白いページには、細長い鳥のりんかくが描かれている。美月は青い色鉛筆を加納へ渡した。

「パパ、鳥のまわりぬって」

「宿題はちゃんと自分でやりなさい」

「ぬってほしいの。あとでもういっかいちゃんと描くから」

不思議なくらい熱心な調子でせがまれ、加納は仕方なく鉛筆を取った。線が飛び飛びになった鳥のりんかくを崩さないよう、慎重に周囲を群青色で塗り潰していく。加納の膝にもたれかかり、美月はじっとその手元を眺めていた。

青い色鉛筆を渡されたせいで、白い鳥が夜のなか、一羽ぽつんと立っているような絵になった。さみしいから月や星でも描いたらどうだ、とうながすと、美月は素直に頷いて黄色い色鉛筆を取り出し、加納が塗った青色の上にいくつもいくつも星を散らした。下地の色に負けて、星は緑色にくすんだ。

美月が一生懸命、早口で言い足す。

「あとね、さいごに名前を書くんだよ。画家さんとかみんな書くの」

「ええ、俺はいいよ」

「やだ、書くの！」

焦げ茶色の色鉛筆を押しつけられ、加納はとまどった。名前？　画家のサインが頭に浮かぶ。あんな気恥ずかしいものは書けない。普通にフルネームを書けばいいのだろうか。ただ、美月は漢字が読めない。迷った挙げ句、加納は鳥の描かれたページの右端に「かのうたつお」とひらがなで名前を書いた。ふと、そういえば自分はこんな名前だったな、と足元のぐらつくような頼りない気分になった。

美月は嬉々としてスケッチブックを受け取り、加納の名前の下に「みつき」と三文字を書き足した。夜にたたずむ鳥をしばらく見つめ、丁寧にスケッチブックを閉じてリュックへしまう。

「もう一羽描くか？　俺の名前が入ってたら、幼稚園に出せないだろう」

「ううん、みはらさんちのインコのちーちゃん描くからだいじょうぶ」

おなかすいた、と歌う娘を連れて科学博物館を出た。ファミリーレストランでミニハンバーグセットを食べさせてから、京浜東北線に揺られて帰る。あいにく席がとれず、手すりをつかんで立っていたら、満腹で眠くなった美月の頭がうとうとと揺れだした。加納は腰を屈《かが》め、久しぶりに娘を抱き上げた。赤ん坊の頃よりもだいぶ重い。

眠らせたままアパートまで帰り、揺らさないよう慎重に布団へ横たえる。気がつけば、娘が顔を当てていたシャツの肩が湿っていた。いつのまに泣いていたのだろう。娘の目尻にも、乾いた涙の名残が張り付いている。こわい夢でも見たのだろうか。

美月のリュックから、かすかな電子音が聞こえた。なかを探ると、ポケベルに似た小さな機械がライトを明滅させている。玩具《おもちゃ》メーカーが子供向けに販売している、登録した番号からのみショートメッセージが受信できる簡易携帯電話だ。他にも防犯ベルと、GPS機能が付いている。

データボックスに並ぶメールの送信元はすべて『ママ』だった。届いたばかりのメッセージを開く。

『そっちのパパにわがままいわないように。なにか買ってもらっちゃだめだよ！　あと、あしたは三時からコウイチさんがくるからね』

加納は苦く笑った。目の前が真っ暗になると、人間は笑うのだと分かった。そっちのパパ、ということは、あちらにもパパか、パパになりつつある男がいるのだろう。もしかしたら、このコウイチさんとやらがそうなのかもしれない。

娘は、さようならの準備をしていたのだ。加納に名前を書かせて、その下に自分の名前を書いて。「そっちのパパ」を記憶から失わないよう、紙に刻んでおこうとしたのだ。

みつき、と呟く自分の声は、驚くほど頼りなく宙に浮いた。加納自身と同じ、どこにも辿《たど》りつかない声だった。加納は首を振り、薄手のかけ布団を小さな体へ被せた。

ぼうっとしているのが辛く、玄関に置いたままにしていたルルコの靴を引っぱり寄せる。前にも直したエナメル靴だ。足の甲の部分に入ってしまった小さな傷を、ワンポイントのリボン飾りで隠すことになっている。新聞を敷いて、工具箱を開く。静かだ、と思う。俺の部屋は、いつも静かだ。

翌日、買っておいたドーナッツで遅い朝食を取ってから、美月を駅まで送った。美月は昨日駆け寄ってきたときと変わらない笑顔で手を振っていく。カラフルなリュックがホームへ続く階段へ消えると、急に世界が遠のいた。歯車の嚙み合わせが狂ったかのように、体の内側が軋《きし》む。だいじょうぶだ、と痛いほど拍を強めた心臓に言い聞かせる。それでも、俺はちゃんとやっていける。

気がつくと、自宅近くの古本屋の棚の前に立っていた。現実感を取り戻したくて、無意識に立ち寄ったらしい。

何冊か、馴染みの作家の本の背表紙に指を当てて、止める。起承転結のはっきりした架空のものを読むのは辛い気分だった。もっと、下世話なものが良い。もっと、何も考えないで済むものが良い。できれば、誰だって俺と同じぐらいには不幸であると信じ込ませてくれるものが良い。

パチンコ玉のようにあちこちの棚で小突かれて、最後に週刊誌の棚に辿りついた。適当な一冊を抜き、ほとんど頭に入らないままばらばらとページをめくって、戻す。何冊かそれを繰り返しているうちに、ぱちん、と脳にひっかかるものがあった。なんだ、と思って数ページもどる。甘い、どこかなつかしい気分になるものだった。今にも意識からすり抜けそうな感覚をたぐり、急いで紙面をなぞっていく。そして、見つけた。ルルコがいた。巻頭のグラビアページの一角で、下着姿にハイヒールという不自然な格好で寝そべっていた。柔らかく、温かそうな肌がミルク色に輝いている。恋人を迎えるような甘い表情。「靴、ありがとうございました。」と湿った声が耳へ蘇った。ああそうだ、あの子とまたうまいものを食おう。栄養をつけよう。食って、食って、いたわりあって、なんとかやっていこう。思った瞬間、ページの一部が妙なねばっこい光を反射した。

怪訝に思って、加納は雑誌の角度を変える。店の照明にかざして、見えた。ルルコの股間には、初めの購入者が執拗に擦りつけたのだろう、指のあぶらがべったりとこびりついていた。

茄子の天ぷらと、俳優になりたかったんですという声と、娘への愛情が詰め込まれた長野からの段ボールと、産毛のたった清らかな美月の頬と、汚く光る指のあぶらと、ネットで目にした「そろそろ落ち目だし脱ぐんじゃね」というコメントとが、目の裏でぐしゃりと混ざる。加納は雑誌を置いた。喉《のど》が渇き、なんだかひどく疲れていた。

加納は夢を見る。夢はいつだって脈絡なく馬鹿げている。群青色のワンピースを着た芽衣子と、近くの公園へ桜を観に行くのだ。自分は腕に美月を抱いていた。美月は、ほんとうの美月よりもすこし小さい。三歳ぐらいで、水鏡のような黒い瞳に舞い落ちる桜を映している。なあ、このまま海まで歩こうよ、と加納は妻の背中へしゃべりかける。妻は振り返って美しく笑う。でもあなた、ほんとうは美月のことだってこわいんでしょう？　けたたましく鳴る目覚まし時計を叩いて起き上がり、髭を剃って、顔を洗い、大江戸線に揺られて出勤し、予算を組んで売り場を作る。そんな、永遠のように続く毎日を、繰り返す。

秋のはじめ、つみれ鍋をしようとルルコに誘われた。

「顔色、すこし悪いですね」

開口一番、ルルコは眉をひそめた。加納は力なくうなずく。

「寝つきが悪いんだ」

「お疲れですか」

「うん、まあ。商品の入れ替えの時期だし。疲れて、へんな夢ばかり見る」

イワシのつみれと白菜、長ネギ、椎茸を手際よく出し汁に浮かべていき、卓上コンロに火をつけたルルコは土鍋のふたを閉めた。出来上がりを待ちながらよく冷えたビールをすする。やがて、缶の温度に染まった指でそっと加納の目元をなぞった。

「くま、ひどい」

「目の奥が重いよ」

「食べ終わったら、このまま寝ちゃっていいですよ」

「ここで？」

「ええ。私、今日は夜まで空いてますから。加納さんがうなされたら起こしてあげます」

「赤ん坊じゃないんだから」

加納の呟きに、ルルコは肩をすくめて笑う。

「加納さん、私はできは悪いけど、夢の女なんです。男の人の、毎日しんどいなあ、こんな姉ちゃんに触りたいなあ、きっとやーらかくて気持ちいいんだろうなあってイメージを形にして、いい夢見てもらうのが仕事なの。だから、どんな大人だって、たまには赤ん坊にならなきゃやっていけないこと、知ってます」

しゅう、と土鍋が細い湯気をふきだした。

言葉を無くした加納の代わりに、ルルコがふたを持ち上げた。こうばしいイワシの香りが部屋いっぱいに広がる。食べましょう、とうながされ、加納は箸をとった。いただきます、と声を合わせ、しばらくのあいだ二人でもくもくと具材を口に運ぶ。ルルコに会ってから、鍋だの焼き肉だの大人数向けの料理を食べる機会が増えている。加納はつみれを噛み取る女の横顔に目をやった。胸の奥が、かすかに甘い。

「そういえば、このあいだ直してもらった靴、現場で褒められてそのまま撮影に使ったんです」

箸を口にくわえたまま、ルルコは思い出したように腰を浮かせ、近くの本棚から成人向けの雑誌を引っ張り出した。畳に開いてページをめくる。

『レースの天使たち』と題された、女体にレースをかぶせて際どく局部を隠す企画だった。三ページ目の片隅で、ルルコは片足を抱いて座っていた。足元は、加納が先日直したエナメル靴だ。傷を隠すために乗せたワンポイントが、たまたま白いレースのリボンにも見える形をしていたため、カメラマンに気に入られてそのまま採用になったのだという。ルルコは愛らしかったが、相変わらず小さな写真のサイズに、加納は胸がにごるのを感じた。はじめから、現場にルルコのために用意された靴はなかったのかも知れない。ネットで見る限りルルコの仕事量は増えず、それどころか下降気味になっているようだった。

きれいに写ってる、と頷いて加納は雑誌を閉じた。湯気のたつ土鍋からつみれと白菜を小鉢へよそい、柚子《ゆず》をしぼる。

「調子はどう」

「とんとんですね。加納さんは？」

「とんとんだな。不況だからね、ものは売りづらいな」

「ふふふ」

ビールを一本飲み終わり、ルルコの頬はすでに赤い。酔うと、彼女はよく笑う。うっとりと、気持ちよさそうに喉を鳴らす。

「カメラさんに、靴のセンスが良いから次の撮影はバレエシューズみたいなの自分で履いてきてって、言われたんです。けど、いくら探してもちょうどいいのがなくて」

呟いて、席を立ったルルコは下駄箱から靴底の平らなパンプスを持ってきた。装飾のない、シンプルな作りだ。

「これに、同じ色のリボンをつけて、足首で結んだりとか出来ますか。企画のテーマが、『プレゼント』なんです。全身あちこちにリボン巻くの」

「出来ないことはないと思うけど」

うまく想像が出来ない。足首に結ぶ？　首をひねると、ルルコは隣の部屋から幅広の黒いリボンを持ってきた。畳に新聞紙を敷き、その上でパンプスに右足を差し込む。靴にリボンを押し当てながら、こんな感じで、うまく足の甲で一回クロスして、足首でちょうどリボンが結べるみたいな、と要望を口にしていった。加納は箸を置き、リボンの両端を受け取った。どうやって靴本体に縫い付けようか、と考えながら骨の浮いた細い足に巻き付けていく。

「ああ、こうすればきれいに結べる」

呟いて、ルルコの足首にリボンを結んだ瞬間、角砂糖を噛み砕くような甘い夢想が広がった。

この女の夢が、早く壊れてしまえばいい。

遠からず、その日は来るだろう。そうすれば、自分と家庭を持ってくれるかもしれない。美月を引き取って、あの夢で見た桜吹雪の下を、なにも恐れずに、この、優しく、自分がないがしろにされている可能性に気づかないほど愚かで、温かい女となら、きっと。そこまで想像して、加納はふいに泣きたくなった。

このうす暗い官能は知っている。細い、細い、愛した女の首筋が、陰っていくのを待つ歓《よろこ》び。

ルルコの写真に擦りつけられた、汚い指のあぶらを思い出した。

「加納さん、どうしました？」

「ん？　なんでもない。それよりこれ、このまま足首に結んでも、すぐに落ちてくるよ」

「え、ほんとですか」

「短時間の撮影なら、ソックタッチで貼り付けておけばいいだろうけど」

「うーん。じゃあ、それで行きます。リボン、材質はなんでもいいんで、お願いしてもいいですか？」

「わかった、こげ茶だね」

「はい、こげ茶で」

「撮影、がんばってな」

二ヶ月後に発売されるその雑誌の撮影が、天海ルルコの最後の仕事になった。

仕事を早上がりした水曜の晩、加納は新宿の髙島屋を訪れた。すっかりクリスマス仕様に飾り付けられた店内を見回し、三階へ上がる。二十分ほどかけて用事を済ませると、ついでに地下の食品街でワインとチーズを買った。両手に袋をぶら下げて、勤め帰りの人間で混み合う大江戸線の扉にもたれて帰路につく。年末年始の祝祭に向けて、世間は光り輝いていた。

約束の時間に十分遅れて部屋の扉を叩くと、ルルコはすでに荷物の梱包を終えていた。扉を開けて、笑う。

「お疲れさまです」

「ワイン買ってきた。あと、つまみ」

ベッドやローテーブルはもう実家に発送してしまったのだという。段ボールの一つをちゃぶ台代わりにして、加納は持参した紙コップに赤ワインを注いだ。

「それじゃ、お疲れさま」

「ありがとうございます」

コップの縁を軽く触れあわせて、音の鳴らない乾杯をする。

「親御さん、なんて言ってた？」

「特になにも。ああ、来年の正月からは家族がそろうのね、ってそれだけ」

「そうか。いいもんだね、家族」

「加納さんは、ご家族は？」

「いないよ。母親は俺が子供の頃に亡くなって、親父も数年前にガンで他界した。兄弟も親戚もいない」

「さみしいですね」

「さみしいかな。でも、別に辛くはないよ。もう大人だからね」

「私はこっちにいるあいだ、さみしくて辛くて仕方がなかった。子供なんですね」

「単に、忙しすぎたんだ」

「ふふふ」

ルルコは喉を鳴らした。洋酒は余計に回りやすいのか、指先まで桜色になった右手をうらおもてにひっくり返して、面白そうに眺めている。やがて色づいた顔をそっと持ち上げ、加納と目を合わせた。

「加納さん、加納さん、私、来月誕生日なんです。二十七になります」

「うん」

「英語もしゃべれないし、パソコンも出来ないし、なんにも持ってないまま、故郷に帰ります」

加納はルルコの顔を見た。彼女は、笑っている。どんなときだって、笑っている女だ。これまで誰に馬鹿にされても、ないがしろにされても、じっと笑ってきたのだろう。ワインで舌を湿らせ、加納は口を開いた。

「君は、まず、顔がきれいだ」

ルルコは、黙って加納を見返した。

「スタイルもいい。猫背だけど、それは腹筋と背筋を鍛えれば治る。ずっと人に見られる仕事をしてきたから、勝負度胸もあるだろう。笑顔を売り物にできるのも強い。健康だし、長らく一人で暮らしてきて、金銭感覚もしっかりしてる。近くに相談できる親御さんもいる」

「はい」

「だから、なにも心配いらない」

「……はい」

「あと、これも君と一緒に戦う」

　加納はそばに置いてあった髙島屋の紙袋を引き寄せ、中から長方形の箱を取りだした。箱のロゴを見て、ルルコの目が丸くなる。箱のなかでは、ジミーチュウのオープントゥパンプスが薄葉紙に包まれて横たわっていた。黒色のキッドスキンが品よく光る。加納は注意深くそれを取りだして、ルルコの手元へ置いた。

「色んな服に合わせやすいと思うんだけど、どうだろう」

　ルルコは返事をせず、そっと震える指でパンプスをなぞった。

「……頂けません」

「サイズは二十三センチ」

「だって、私」

「足の形にぴったりなのは、たぶん俺が世界でいちばんよく知ってる」

「加納さんに返せるものが何もないんです」

「いいんだ、そんなの」

いいんだ、と繰り返して、加納はふと口元がゆるむのを感じた。どこか、みぞおちの辺りに残っていた冷たいかたまりが溶けて流れる。とても久しぶりに、心から他人を祝福できた気がした。

「なにもいらない。もうもらったんだ。飯、一緒に食うの楽しかったよ。だから、そっちで落ちついたら手紙でもくれよ。元気でやってるって、教えて」

ルルコは靴を見て、加納を見て、やがてそっと奥歯を噛んだ。身を守る宝石のようなジミーチュウを胸に抱き、最後に一つ、頭を下げる。

翌朝、荷物を最寄りの宅配センターへ運ぶのを手伝い、加納は彼女を駅まで見送った。大家へ返却する鍵を預かる。別れ際に告げられたルルコの本当の名前は、どこの学校にも一人は居そうな、とてもありふれたものだった。なじみのない名前を舌で転がし、加納は改札の向こうに消えていく彼女の背中へゆっくりと手を振った。

アパートへ戻ると、自分の部屋へ入るよりも先に、まだ昨晩のワインの香りが残っている無人の部屋を訪ねた。カーテンも何もかも取り払われた部屋はがらんと広く、ベランダ越しに見える世界が眩しい。しばらく室内を見回した後、和室の畳に腰を下ろした。

妻の靴を、ひとつも思い出せなかった。どんな削れ方をしていたのか、どんな傷み方をしていたのか。なにひとつ、見ていなかった。

ごめんな、と呟いて、記憶に浮かぶ青白い首筋をさする。

三年後、ルルコから手紙が届いた。故郷でいくつか職を変え、先月ようやく、パートで勤め続けた地元の菓子メーカーに準社員として採用されたらしい。「毎日、洋梨のコンポートを売って暮らしています。十センチのヒールをなくしても、ようやくこわがらずに歩いて行けるようになりました。」

履き続けてぼろぼろになったジミーチュウを、庭の木の根元に埋めて弔ったのだという。

「加納さんは、お元気ですか？」

祝いのショートケーキを食べ終えると、加納は煙草を手にベランダへ出た。手すりに背を預け、軽く爪先立って上の階を見上げる。かつて売れないグラビアアイドルがいた部屋には今、いつも不機嫌そうな顔をした美容師の男が住んでいる。加納は煙草を一本ゆっくりとふかし、明日の会議の支度をして眠った。

マイ、マイマイ

最近、鈴白《すずしろ》くんが私を見ない。

原因はわかっている。四月から同じゼミに入ってきた一年後輩のハルヒちゃんが、鈴白くんにほんのりアプローチをしているからだ。

ほんのりとはつまり、目を見つめてにっこりと微笑んだり、ゼミ中にわからないことを質問するフリをしながら肩を近づけたり、鈴白くんが好きな海外のロックバンドの話にものすごく楽しそうに相づちを打ったり、私が文句を言えるほど露骨ではないけど確実に鈴白くんの心をくすぐる絶妙な接触加減のことを指す。ハルヒちゃんはかわいい。小顔で目が大きく、色なんて一度も入れたことないんだろうなって感じの健康的な黒髪のストレートはキューティクルでつるんつるんだ。服装は白やピンクにちょっと飾りのついた清楚系で、間違っても私みたいに色落ちしたデニムに古着屋で買った野菜柄のTシャツなんて合わせたりしない。頭のてっぺんから爪先までカワイイでコーティングした、お人形みたいな女の子だ。

でも鈴白くんは私と付き合っているのに、ひどいと思う。

このひどい、の行き先が、鈴白くんなのかハルヒちゃんなのかも、だんだんわからなくなってきた。

「ねえ、こないだ食べたいって言ってた海ぶどうがあるよ」

夏期休暇前の七月半ば、一学期の研究発表を終えた打ち上げに、ゼミのメンバー三十人ほどで大学近くの沖縄料理屋に立ち寄った。畳に四角いテーブルがいくつも並んだ広間でわざと隣に座って声をかけると、鈴白くんは居心地悪そうに目を迷わせた。みんなの前でカップルっぽく仲良くするのは、恥ずかしくていやなのだという。

私はみんなの前で手をつなぐのも、二人で話すのも、なんなら別れ際のほっぺにチューだって平気だけど、私が人生で初めての彼女だという鈴白くんはけっこう奥手で繊細だ。ぼさっとした黒髪に太いフレームの眼鏡を合わせ、四角張った体をいつもファストファッションブランドの襟付きシャツで包んでいる。みるからに朴訥《ぼくとつ》で優しい、将来は公務員だろうなあという感じののほほんとした空気を全身から醸《かも》し出していて、そこが好きだ。

「今はそういうのいいから、唐揚げとかチャンプルーとか、もっとみんなで分けやすいやつ頼もうよ。――あ、テツヤンさ、さっきの中島先輩のインターンの話だけど」

私とは全然目を合わせずに早口で言って、すぐに向かいの男子と話し始める。つまらないので私はぼんやりと周りの話に空返事をしながら、枝豆ばっかりたくさん食べた。

ゼミ長の音頭で乾杯し、だんだん場が和《なご》んでくると、鈴白くんは教授を囲んで今日の発表について話し合っているグループにちらちらと目をやった。あちらに混ざりたいらしい。打ち上げでもまだ研究の話がしたいなんて真面目だなあ堅いなあそこが好きだなーあ、と数ヶ月前ならのんきに思えただろうけど、教授の隣には手際よくビールのお酌をしつつ真剣な顔で相づちを打つハルヒちゃんがいる。

誰かが冗談でも言ったのか、ど、と笑い声が上がり、その辺りの空気がほどけた。それ鈴白だろう、と笑顔で教授がまぜ返す。

「あ、鈴白せんぱーい！　教授がお呼びです」

ハルヒちゃんは体をずらし、自分と教授の間に狭い空間を作って座布団をぽんぽんと叩いた。

「えー、なになに！　行きます、行きます」

半分残ったビールのグラスをさっとつかんで、鈴白くんはうれしそうに腰を上げた。私は鈴白くんの隣に座るため、入店前から様々なタイミングを測っていたというのに、ハルヒちゃんは熟練の漁師がマグロを一本釣りするみたいにすぽーんと彼を引っこ抜く。悲しくて、すうっと体が冷たくなった次の瞬間。

立ち上がった鈴白くんの体から白っぽいものがこぼれた。

座布団の上にぽたんと落ちる。

平べったいおはじきみたいなそれは、つるつるした表面に薄く渦巻きみたいな模様が浮かんでいた。半透明の乳白色で、けっこうきれいだ。

「……アクセサリーのパーツ？」

鈴白くんこういうの好きなのか。半年付き合って、一度もそんな話聞いたことなかったけど。

違う、こういうのが好きなのはもしかしてハルヒちゃん？　ハルヒちゃんへのプレゼント？

気がつくとおはじきをつかんで、自分のトートバッグに放り込んでいた。

最悪な気分でつまらない飲み会を終え、二次会は断って帰ることにする。鈴白くんは他のメンバーと歓談しつつ、私が抜けたことにも気づかない様子で教授の行きつけの店があるという飲み屋街に入っていった。

疲れた人でいっぱいの地下鉄を乗り継ぎ、都心から小一時間ほど離れた自宅に向かう。私の家は、駅から十分ほど歩いた位置にある住宅街の一戸建てだ。今はしまわれているけれど、日中はふっくらとしたベーグルのイラストが描かれた立て看板が通りから見えるところに置かれていて、それが目印になる。うちは一階が父親が切り盛りするベーグル屋で、二階が住居だ。一階を店舗にリフォームする際、両親は玄関を建物の正面から裏手に移動させ、代わりに通りに面した壁に大きなガラス戸を二つ並べて、そこからお客さんが出入りできるようにした。けっして目立つわけではない小さな店だが、近所に手頃なパン屋がないため、日中はお客さんが途切れず、そこそこに繁盛している。

鍵を使って裏の玄関から家に入るといつも通り、ベーグルが焼き上がるときの香ばしくて生温かい匂いがぷんと鼻先をよぎった。もう建物そのものに染みついている匂いだ。両親は二階にいるのだろう。面倒くさいので電気はつけずに、青暗い階段を上る。

「ただいまあ」

階段を上りきって声をかける。すると脱衣所から父親がひょいと顔を出した。洗濯の途中だったらしい。先日五十歳を過ぎたものの、短く刈り込んだ金髪とビビッドな青いスクエアフレームの眼鏡が今日もド派手に輝いている。

「おかえり、打ち上げどうだった？」

「つまんなかった」

「ははは。風呂入っちゃいな」

「うん。ママは？」

「納期が近いらしい。今夜は徹夜だって」

「そう」

なら声はかけないようにしよう。私の母は医療関係の翻訳家をしている。仕事部屋の前をそろそろと通り抜けて自室へ向かった。

ベッドに座ると、急に一日の疲れが押し寄せて動けなくなった。全身がだるくて、ほんのりと悲しい。鈴白くん、どうしただろう。ハルヒちゃんも二次会に行ったのかな。一言ぐらい連絡があってもいいのに、スマホにはなんの通知もない。仕方なく寝っ転がって十分ほどゲームをして気力を充電する。区切りのいいところで切り上げて、パジャマや新しい下着を用意し、洗濯済みの衣服を運び出す父親と入れ違いに脱衣所へ入った。

頭と体を洗い、熱い湯の溜まった浴槽にすべり込むと、ふはあ、と深く息が漏れた。

鈴白くんと私は、やっぱりもうだめなんだろうか。

私が、ハルヒちゃんみたいには可愛くないから？

もやもやと煮え切らない気分で、ちらりと浴室内の鏡を覗いた。金に近い、明るい髪色をしたショートカットの、いかにも気の強そうな女がじっとこちらを見返してくる。私は、私のことがけっこう好きだ。ハルヒちゃんみたいになりたいとは思わないし、今日ハルヒちゃんが着ていた袖口にレースがついたガーリーなワンピースよりも、私が着ていたターコイズブルーでぎらっとラメの入ったオフショルダーのトップスと黒いレザースカートの方がはるかに自分に似合うと思っている。自分を変えるつもりはない。

でも、鈴白くんのことは好きだったなあ。

お風呂を出てパジャマに着替え、キッチンで冷たい牛乳を一杯飲んでから、歯を磨いてベッドに横になった。鈴白くんのことが頭から離れず、うまく眠れない。同じ経済学部経済学科だけど、初めはなかなか話す機会がなかったこと。必修科目で班が一緒になり、ぎこちなく自己紹介をしたこと。食堂で料理を待っている列でばったり会って、お互いにちょっと照れたこと。鈴白くんのゆったりとしたしゃべり方と、ひかえめな笑い方がいいなと思ったこと。ダンスサークルの友人に学科の飲み会で撮った写真を見せたら、そりゃ優しそうだけどおじさんっぽくない？　友梨愛《ゆりあ》の趣味わかんない、と呆れられたこと。

告白したら、ものすごくびっくりした顔をしてからオーケーされた。手をつないでベイエリアに人気のパンケーキを食べに行った。何度かデートを重ね、春休みには一泊で温泉に行った。鈴白くんは、裸を見せるのを恥ずかしがった。お腹の毛が濃いのを気にしていて、浴衣《ゆかた》をめくろうとするたびに逃げようとするのが面白かった。

鈴白くんはあんなに、あんなに私のことが好きそうだったのに、なんであっという間に他の子のことが好きになっちゃったんだろう。

その晩、変な夢を見た。

まるで私の夢じゃないみたいだった。というか、私がこんな夢を見る理由がない。

私は詰め襟を着た数学オタクの地味な男子高校生で、クラスで一番うるさく盛り上がっている化粧が濃くて髪色の明るい女子の集団を異星人を見るような目で眺めていた。そして少しだけ、彼女らとセックスしてみたいと思っていた。

白々とした朝の光に目を覚ますと、枕元には見覚えのある渦巻き模様のおはじきが転がっていた。

鞄から出した記憶なんて、ないのに。

その日から、私はなぜか渦巻き模様のおはじきを手放せなくなった。トートバッグの内ポケットにいれて、授業に行くときも遊びに行くときもついつい持ち歩いてしまう。おはじきは、握りしめるとまるでそう作られたかのように手のひらのくぼみや指の隙間をぴったりと埋め、持っているのを忘れるくらい重さもなめらかさもちょうど良かった。

おはじきを持って眠ると、決まって知らない男の子の夢を見た。自信がなく、卑屈で、臆病だからこそ攻撃的で、そのくせその攻撃性を表に出すことを恥ずかしいことだと思っている、数学だけがとりえの男の子だ。そしてその子は、自分から最も遠く感じる女の子を犯したがっている。

初めはなんてどうしようもない奴だとうんざりした。その子の弱さと傷つきやすさがうっとうしかった。気持ち悪い妄想ばかり膨らませてないで、さっさと告白してふられろよ、とすら思った。

だけど繰り返しその子の目で世界を見るうちに、なんとなくわかった。この男の子は、自分のことがそれほど好きじゃないのだ。顔も体も、良いのか悪いのかよく分からない。得意なスポーツがないことも不安に思っている。

週に何度か、その男の子はじっと鏡を見ていた。伸び始めたひげをぎこちない手つきで剃った後、そのままT字のカミソリをおっかなびっくり眉毛に当てて、不自然じゃないように、かといって友達から整えすぎていると笑われないように、真ん中の繋がった部分と眉尻に散らばった毛を慎重に剃り落とす。近所のドラッグストアには眉剃り用のI字カミソリが女性向けっぽいパッケージのものしか置かれていなくて、恥ずかしくて買えなかった。

真剣でちょっと間抜けなその顔は紛れもなく、私のかわいい鈴白くんだった。

八月に入ると、朝方に寝苦しさで目を覚ますことが増えた。汗の染みたシーツから体を起こす。暑いけど、夜通しクーラーをかけたままにするとすぐに私はお腹を壊す。汗をかきすぎたせいか足がかゆい。かりかりと何度かくるぶしの辺りを引っ掻き、サンダルを履いたときにそこだけ赤かったらかっこ悪い、と我に返ってやめる。

机の上のスマホの隣に置いて寝たはずなのに、白い渦巻き模様のおはじきはベッドの足下に落ちていた。おはじきは夜中にしょっちゅう位置を変える。まるで生き物のように。

生きて、いるのかもしれない。だって明らかに奇妙だ。そして、鈴白くんと繋がっている。

それにしてもギャルが好きで私と付き合うってどうなんだ。確かに髪の色だけは同じだけど、私は高校時代はまったくギャルではなく、むしろ服や音楽へのこだわりが強すぎてギャルからも引かれ気味だったサブカル女だ。でもたぶん、あんまり区別を付けていないんだろうなあ。

　白いおはじきをそろえた指の背にのせ、ぐらぐらと揺らしてもてあそぶ。鈴白くんが私へ向けていた恋っぽい気持ちの正体はきっと、恋ではなかった。それはかなりショックで、くだらないことばかり考えている鈴白くんにがっかりして、幻滅して、それなのにちょっとおかしかった。好きな人の恥ずかしい部分は、そっと手を当てておきたいような、指を入れてぐじぐじ掻き回してみたいような、好きときらいの混ざった感じがした。それでも多少のむかつきはあるので、表面の渦巻き模様を爪でかりっと引っ掻く。おはじきはじっと静かに耐えている。

　冷たいシャワーで気分を切り替え、髪を乾かしてクローゼットで服を選ぶ。今日は目が覚めるようなインディゴブルーの生地に、ハイビスカスの花と小鳥のイラストがたくさん配置されたワンピースを着ることにした。アジアンなファッションブランドで一目惚れして買ったものだ。少し考えて、一階の店に下り、ベーグルの仕込みをしている父親に声をかけた。

「ねえねえ、可愛い？　似合う？」

　スカートを心持ち左右に引っ張って聞いてみる。鼻歌交じりに生地をこねていた父親は、私の頭から爪先まで丁寧に目をやってにっこりと笑った。

「うちのお姫様は今日も世界で一番可愛いな。そのワンピース、夏らしいし、カラフルでよく似合ってるよ。出かけるのか？　熱中症に気をつけて、水分をこまめに取るんだぞ」

「はーい」

　うちの父親は少し変わっている。会社勤めがうまく行かず、私が小さい頃は転職を繰り返していた。母が医療機器メーカーに勤めていた頃には、しばらく家からいなくなっていた時期もあるし、逆にずっと家にいて専業主夫をしていた時期もある。試行錯誤の末、母がメーカー勤めをやめて翻訳業に専念し、父が自宅の一階にこのベーグル屋を開いて、やっと家族が落ち着いた感じだった。

変わり者だけど、明るくてなんでも肯定してくれる父親のことが好きだ。この人が色々な意味で常識からはみ出してくれるから、私も気兼ねなく、変わり者の道を選べている節がある。

そう思ったあとに一瞬、頭の中がからっぽになった。

ちょっと前までなにかもう少し、考えていた気がする。なんだっけ。でも、忘れたってことはちっぽけなことだ。それよりも父親が好きだって気持ちの方がうれしいし大切だ。

お気に入りのカンカン帽を頭に乗せ、行ってきます、と元気よく玄関を開けて真夏の町へ踏み出した。

大学図書館は冷房が効いていて少し涼しいぐらいだった。手芸関連の棚を探し、地下一階へ下りる。夏期休暇中とはいえ課題をやっている学生の姿は多く、予約制の個人ブースはいっぱいだった。ヴィンテージのアクセサリーパーツや美しいボタンが写真入りで紹介されている図鑑を何冊か抜き出し、大きなテーブルの端に着席する。

二十分ほどかけて図鑑を最初から最後までめくっても、渦巻き模様の白いおはじきの正体は分からなかった。

でも、どこかで見た気がするのだ。平べったくて、表面に渦巻きが浮いた物体。

人工物だけでなく宝石や鉱物など、様々な石について解説する本にも手を伸ばす。ページをめくる合間にも、トートバッグから白いおはじきを取り出して表面を親指の腹でくるくると撫でた。火山の構造と、そこから産み出される火山岩について。堆積岩、変成岩、さらには岩石と金属の境目について。たまたま目に入る内容が面白くて拾い読みを続け、ぱらりとページをめくった瞬間、その写真が目に飛び込んできた。

地面からうっすらと顔を出した、茶褐色の渦巻き模様。

アンモナイトだ。

そうだ、この物体はカタツムリとかの巻き貝に似てるんだ。

ピロリン、と図書館の静けさを打ち破る場違いな音量でスマホが鳴り、慌ててトートバッグの中身を掻き分ける。バイトが終わったら一緒に夕飯食べない？　と大学近くの予備校でバイトをしている鈴白くんに、朝送ったメッセージへの返信がやっと届いた。

内容は、ごめん忙しいから無理、だった。

私たちの恋が終わろうとしている。入学した一年前の四月以降、キャンパス中に無数に湧き上がったソーダの泡みたいな儚い関係性の一つとして、ぱちんと弾けようとしている。たぶん大人になって、今まで何人と付き合った的な話題になったとき、私は鈴白くんの顔をぼんやりと思い出しながら指を折るに違いない。えっとねー、この人とは半年付き合ってー、みたいな。

マジかあ。

肩を落としつつ天国だった図書館を出て、陽炎《かげろう》が揺れる眩しい道をとぼとぼと駅に向かって歩いた。こうなってしまえば、未練たらしく鈴白くんの落とし物についてわざわざ調べていたことも馬鹿馬鹿しい。

私は鈴白くんが大好きだったのに、なんでこうなってしまったのだろう。

「あれ、もう帰ってきたのか？」

「うん」

昼時ともあって、父のベーグル屋には三組ほどお客さんが並んでいた。会釈をしつつ裏の玄関から家に入り、二階に上がる。

二階のリビングでは髪を寝癖でびんびんに立たせた母が、スモークサーモンとオニオンのベーグルサンドを頬ばっていた。気の抜けた顔でお昼のワイドショーを眺めている辺り、無事に納品が済んだようだ。

「おかえりー」

「うん」

「あんた、大学とかバイトとかは？」

「とっくに夏休みに入ったよ。バイトは水曜と金曜だけ」

「今日何曜日？」

「火曜日。しっかりしてよ」

フリーになってから、母は明らかに生活態度が適当になった。締め切りまであと何日という意識はあっても、曜日感覚が頭から消え失せるらしい。

呆れつつも、今は寝ぼけた母親の相手をしている気分ではない。薄暗い自室のエアコンをつけ、ぼふりとベッドに横たわる。

足が、かゆい。あせもじゃなくて蚊に刺されたんだろうか。膝を曲げ、手探りでかりかりと足首を掻くうちに、ずぶっと人差し指の先が自分の皮膚に埋まった。

ぎゃあ！　という悲鳴を飲み込みながら跳ね起きて、恐る恐る足を確認する。

指の第一関節までが、足首の裏側の、かかとへ向かう太い骨と筋肉のあいだの柔らかい部分に食い込んでいた。

え、なにこれ。でも別に痛くはない。ちょっとかゆいだけ。肉なのか皮膚なのかわからない生温かくぷるっとした感触が怖くて、そうっと指を引き抜く。

そこには縦四センチほどの、細長い割れ目があった。傷、というわけでもない、ただの肉の割れ目だ。

足のこんなところに割れ目なんてあるものなの？

もう一度、おそるおそる指を沈めてみた。中にはわずかな空間がある。まるでなにか、小さなものが入っていたみたいな。

かかとのすぐそば、波だったシーツのくぼみに平べったいものが落ちていた。白くて丸い、表面にうっすらと渦巻き模様の浮いた、光沢のあるおはじきっぽいもの。

鈴白くんのものよりも少し小さな、十円玉サイズのそれをつまむ。

どうしてそうしようと思ったのだろう。

理解するよりも先に、私はそのおはじきを足首の割れ目に押し込んでいた。なんの抵抗もなく、それはぬるりと肉の間にすべり込む。

まるで堰《せ》き止められていた川の堤が切れたみたいに、頭の中に鮮やかな景色があふれた。

小学生の頃、居たり居なかったり、存在がよく分からない父親のことをもてあましていた。顔を合わせればいつも全力で遊んでくれる彼のことが大好きで、大好きで、だけどそれだけ子供に目線を合わせてくる彼が媚びているようにも見えて、心のどこかで馬鹿にしていた。

父の日の課題で、お仕事中のお父さんの絵を描きましょうと言われ、困った挙げ句に他の生徒の見よう見まねで、背広を着ている知らない男の絵を描いた。こうむいん、という言葉はその授業で知った。魚屋さんでもデパートの人でも大工の棟梁でもない、こうむいん、という正体不明の響きがかっこよかった。私のお父さんも、こうむいんだったら良かったのに。

なんでこんなひどい記憶を忘れていられたのだろう。

肉の割れ目に指を差し込む。中に納まっている間はなんの感覚もないのに、指先が硬さに触れた途端、異物って感じがして急に気持ち悪くなった。指で掻き出すと、乾いた皮膚が湿った内側をこすって痛がゆい。

それが体から離れた途端に、ふっと肩の力が抜け、呼吸が楽になった。

つまんで、渦巻き模様のおはじきを目の前にかざす。よく見ると私のおはじきは鈴白くんのおはじきよりも透明度が低い。牛乳みたいな色をしていておいしそうだ。だけど口に入れたら、またあの思い出したくない景色や感情がわっと押し寄せるのだろう。この物体はきっと忘れたものなのだ。ある時は世界の終わりみたいな一大事で、すごく気になって、辛くて、どうすればいいのかわからなかったこと。だけど状況が変わり、自分も変わり、だんだんどうでもよくなって、ある日ぽとっと体から落ちる。

鈴白くんのギャルっぽい女の子への執着も、そんな感じで彼からこぼれ落ちたのだ。

そもそも私は本当に鈴白くんのことが好きなんだろうか。

子供の頃に思ったこうむいんっぽい人、なんて理由で夢中になっていたんじゃないか。

呆然とシーツのしわを眺めるうちに、ふへへ、と変な声を出して笑ってしまった。

妄想上のギャルを求める鈴白くんと正体不明のこうむいんを求める私は、どちらもダメダメで、お互いのことなんか全然見てなくて、でもとてもお似合いだった。

「友梨愛、お父さんがお昼ごはん届けてくれたよ」

「はーい」

母親に呼ばれてリビングへ向かう。テーブルには私の好きなラムレーズンとクルミを混ぜたクリームチーズのベーグルサンドが置かれていた。紅茶をいれ、録り溜めたドラマをのんびりと消化している母のそばに座って、香ばしいベーグルを頬ばる。

「ねえ、お父さんって今は普通にベーグル屋やってるのに、なんで昔は無職だったり、急に居なくなったり、ばたばた落ち着かなかったの？」

「えー」

かくんと首を傾け、母は少し考え込んだ。

「なんだっけなー、色々あったんだけど」

「あはは」

母の体から、とっくにその件に関する記憶はこぼれ落ちていた。そういうものか、と鈍く納得する。忘れたということは、それほど覚えておきたいことでもなかったのかもしれない。

「ただねえ、あんたのお父さんは、お母さんと一緒にいた方が具合がいいんだよ。一人で、知らない人の中でじっと頑張るっていうのが苦手な人なの。それをもっと早くに気づいてあげられたら良かったなあっていうのは、思うよ」

「もしかしてお母さんが脱サラしたのってそのため？」

「そーよー。翻訳業が軌道に乗るか、ひやひやしたけどね。お父さんのお店もちょっとずつ黒字になってきたし、ほんとうまくいって良かったわ」

「そうまでして、なんでお父さんだったの？」

こうむいんじゃないし、いろいろ不安定だし、ベーグルを作るのは上手だけど、母の口ぶりから察するに相変わらずそれほど稼いでいるわけでもなさそうだ。母はもう一度「えー」とさっきよりも大きな声で言って、めんどくさそうに眉をひそめた。

「忘れちゃったよ、もう」

「なんでも忘れていくんだね」

「そうよ。毎日なにかしら楽しくて、あんたと父さんが元気ならなんでもいいの」

一階から、父親がお客さんと話す声が聞こえる。今日は黒糖のやつはないの？　ああすみません売り切れてしまって、十六時になったらまた焼き上がりますよ。じゃあ帰りにまた寄るわ。母がドラマに釘付けになったまま塩煎餅の袋を開ける。私も、ぜんぶ忘れてもそれでもずっと、その人が元気でいることを当たり前に願える人と暮らしたい。

ベーグルサンドを食べ終えて、煎餅を一枚もらった。

通販で買ったばかりのコーラルピンクのつるつるしたブラをつけ、谷間がきれいに見える角度にスマホをかざして写真を撮る。顔だの乳首だの片付いていない部屋だの、ブラ以外の余計なものが映っていないことを確認し、鈴白くんに画像を送信する。

続いて『新しいブラ買ったんだよー見て見て！』とはしゃいだ感じのメッセージを送ると、すぐに『おー、かわいいね！』と返ってきた。私とのデートや食事がめんどうになっても、セックスにはまだ気があるみたいだ。三往復に満たないやりとりで、あっというまに鈴白くんのワンルームに泊まりに行く日取りが決まった。

友達の家に泊まるからと夕方に自宅を出て、地下鉄と電車に揺られて鈴白くんが住んでいる町へ向かい、駅前で牛丼を二人前買う。鈴白くんは大盛りで私は並盛り、キムチを一つ付ける。道幅の狭い商店街をだらだらと歩いて、一階にドラッグストアが入ったマンションの外階段を上って二階へ。一番奥の角部屋が、鈴白くんの部屋だ。

春から夏にかけて、一体何回この部屋を訪れただろう。

ビールを飲みながら牛丼を食べ、交代でシャワーを浴びて、最後に鈴白くんが寝起きに使っているソファベッドでいちゃいちゃする。鈴白くんは変わった。いつのまにか堂々と、なにも気にせずシャツを脱ぐようになった。お腹の毛が前よりも薄く感じるので、さりげなくカットしているのかもしれない。初めの頃は三十分近くかけていた前戯を五分で切り上げるようになった。

終わった後、眠たいや、とパンツ一丁で満足げにいびきをかき始めた鈴白くんを横目に、私はお湯を沸かしてインスタントのコーヒーをいれた。熱々のそれを少しずつすすりながら、夜が深まるのを待つ。

きっともう二度と来ない、好きだった人の部屋というのは不思議だった。いつもよりも少し広く感じる。とても静かな夜だ。セックスの始まりにつけたエアコンが真面目に風を吐き出している。ベランダのガラス戸を覆うカーテンは青いダイアモンド柄で、前からこんな派手な柄だったっけ？　思い出せない。ふおんふおんふおん、と大通りを走る救急車の音が近づき、遠ざかっていく。

視界の端で動くものがあった。渦巻き模様のおはじきが二つ、私のトートバッグの内ポケットから這い出して、蜂蜜が流れるのと同じゆるやかな速度でフローリングを進んでいる。

薄い光を放つそれは、白いカタツムリだった。やっぱりまだ生きていたのだ。やたらと位置を変えるし訴えかけてくるし、そうだろうと思っていた。大きいカタツムリは眠っている鈴白くんの体へ、小さいカタツムリは私の方へとにじり寄ってくる。この子らは、弾き出された肉体へ帰りたいのだ。

爪先立ちになって小さなカタツムリをまたぎ、大きなカタツムリの殻をつまみ上げた。殻と同じ、白っぽい半透明の柔らかな肉が、ひだを作って波うっている。それを慎重に鈴白くんの右足の甲へのせた。カタツムリは戸惑った様子で一度殻へと引っ込み、しばらく待つとおそるおそる二本の触角を覗かせた。まるでなにかに引き寄せられるみたいに、ゆるゆると鈴白くんの体を上っていく。毛が生えたすね、青白い膝の丘、太腿の平原。腰骨のとがりをよいしょと越えて、みぞおちの方向へゆったりとカーブする。

そして、左側の肋骨の真下で移動をやめた。もぞもぞと殻を震わせている。覗き込むと、そこにはセックスの時にはまったく気づかなかった、五センチほどの細長い肉の割れ目があった。

ただ、割れ目の半分ほどにはすでに薄く皮膚が張っていた。カタツムリは触角を震わせ、幾度となく角度を変えて割れ目に体をねじ込もうとするけれど、殻が引っかかって入ることが出来ない。その静かな格闘を、息を詰めてじっと眺めた。

カタツムリが体に戻ったら、きっと鈴白くんはまた私のもとに帰ってくる。臆病で、不安定で、恥ずかしいことばかりだった頃の自分に揺さぶられ、ハルヒちゃんみたいな子に向かう勇気なんて吹き飛んでしまうだろう。

かんたんだ。ほんの少し、小指の爪を半透明の薄皮に引っかけて、ぴりっと裂いてしまえばいい。それで終わる。私たちはまた仲の良い二人に戻れる。

こうむいんと、妄想のギャルに。

ふ、と思わず笑いが漏れた。懸命に鈴白くんの体へもぐろうとするカタツムリをつまんで床へ下ろす。腹の上で起こっていることになに一つ気づく様子もなく、鈴白くんは深々と息を吐き、気持ちよさそうに頭の向きを変えた。

半分だけ薄皮の張った肉の割れ目に意識が吸い寄せられる。我慢できず、まだ皮膚に覆われていない箇所に人指し指でそうっと触れた。

指先を軽く揺らし、湿った肉の合わせ目を左右に開く。入り口を過ぎれば、指の第二関節までぬるりと入った。自分のそれに触れたときはなんとも思わなかったのに、初めて触った他人の体内はすべすべとして温かかった。眠る鈴白くんの動きに合わせて、時々ぴくりと指を締め付けられるのがなんとも言えず官能的だ。ここに、ある男の子の恥が住んでいたのだ。恥の内容を忘れても、私はこの、誰かの内部に触れるやらしさと温かさとすべすべ感を忘れないだろう。

窓を開け、部屋をうろつくカタツムリたちをつまんでマンション裏の植え込みに放り投げた。音もなく葉陰に吸い込まれていくそれを見送り、淡い杏色に白んでいく空を眺める。そのまま、朝が来るのを待った。

ふるえる

どこかで雨が降っている。問い合わせがあったアプリコットグミの入荷予定を確認している最中にそう思った。大きな雨粒が傘の表面で続けざまにつぶれる、少しくぐもった音が鼓膜をくすぐる。私は子供の頃から傘を差すのが好きで、大人になった今もこの音を聞くと少し楽しくなる。

ただ、道端ならともかくオフィスでそんな音がするのは変だ。ぱたたた、と軽やかな音がふたたび響く。左斜め向かいに座るシライさんの手元からだった。来月十日以降の納品になりますがよろしいですか、と書きかけのメールの文章を結び、目だけそちらに動かす。シライさんの左手の、親指を除いた四本の指がノートパソコンの左隅を叩いていた。小指から順に薬指、中指、人差し指がドミノ倒しのごとく連動し、黒く染色されたプラスチックの上を弾む。白っぽい指の腹と短く切りそろえられた爪が、柔らかで歯切れのよい、雨音に似た音を刻む。

もう二年近く同じ部署で働いているのに、シライさんの指を意識して眺めるのは初めてだ。シライさんは考え込んだようすで、少し首を傾けている。きっと手元の仕事になんらかのトラブルが生じ、対応を検討しているのだろう。深く思考するときの癖なのだろうか。これまで気づかなかった。

私よりも少し年上のシライさんは声の小さな落ち着いた雰囲気の人だ。部署の飲み会に出席していてもいなくても気づかれないタイプ。でもほどよく酔いが回った二次会で、私は賑やかな一帯を離れてシライさんの隣に座るのが結構好きだった。普段はあまり無駄話を好む人ではないが、酒が入ったシライさんはいくぶん口がなめらかになり、飼っているカナリアの話をよくした。私の実家には文鳥がいて、小鳥を愛好する者同士の話題は尽きなかった。シライさんは基本的に人の悪口を言わず、声を荒らげることがなかった。くぐもった声を聞きとるために彼の口元へ耳を近づけると、自分がまるで慣れた茂みに隠れた野鳥になったような安らぎを感じた。

素敵さを知っている同僚。それが私のシライさんへの印象だった。

それなのに、どうしてだろう。そのとき私は視界の端でひらめくシライさんの指から目を離せなくなった。端整なオーバル形に整えられた爪がそよぐように浮き、なめらかに落ちる。ぱたたた、と響く音。彼の無意識のリズムを、ずっと聴いていたい気持ちになった。

うなじに小さな針で刺されたような痛みを感じ、あ、まずい、と思った。そして実際に、まずかった。

その日から私はシライさんの挙動のなにもかもが好ましく思えて仕方がなくなった。シライさんと目が合うとうなじが熱っぽく疼いて心臓が高鳴り、まともにしゃべることができない。あっさりしている、とそれ以外の感想を持たなかったシライさんの風貌は吸い込まれるほど魅力的に、周囲の人間にあまり興味がなさそうな話題選びは慎み深い理性の反映だと感じるようになった。

意識しないようにしようと思っても、職場が同じなのだから否応なくシライさんとは会ってしまう。オフィスで、食堂で、ロッカールームで、すれ違うたび雷に打たれたように体をこわばらせる私は、そうとうに不審だっただろう。シライさんに会うと苦しい。なのにもっと近づきたくて仕方がない。ことことと、体の内部で震えが起こる。

「ピアノとか、やってたんですか?」

食堂で近くに座った際に、紅茶が入った温かい紙コップを両手で持って震えをこらえながら聞いた。指を順々に動かすあの可憐な癖の由来をあれこれ想像していたのだ。シライさんは不思議そうに目を見開いて、「いいえ」と短く返した。驚きで持ち上がった眉の可愛らしさに胸がいっぱいになり、「そうですか、それでは」と不自然に会話を切り上げて席を立った。シライさんの口に耳を近づけて穏やかな心地で小鳥の話を聞くなんて、もう二度とできそうにない。とても好きな時間だったのに。

シライさんに近づくたび私の体内で細かに弾み、存在を訴えるものが既に生まれていた。その振動がどうしようもなく私の感情の調律を乱し、シライさんに対して極端な行動をとらせ続ける。これ以上こらえていては、私が私ではなくなってしまう。

指に見惚れた日から二ヶ月ほど経った薄曇りの水曜日。通勤途中の公園でほころんでいた桜のつぼみに励まされ、昼休みにシライさんを空き会議室に呼び出した。シライさんは胚芽入り食パンにスモークサーモンとクリームチーズとレタスを挟んだサンドイッチと紙パックのミルクティという、会社近くのコンビニで売られているいつも通りのランチの組み合わせを持って現れた。

「ネムさん、もしかして」

「はい」

指も、体も震えている。特有の振動が脳の神経伝達物質を放出させる。飲み会で隣に座ると、シライさんはいつも微笑んで迎えてくれた。望みはゼロではないはずだ。彼の体内にも、それは生まれているかもしれない。

「私と、石を交換してもらえませんか」

シライさんは口を真一文字に結んだ神妙な顔つきになった。

「残念ながら、私の内部に石は発生していません」

はっきりと告げられ、体中の力が抜けた。膝がふらつき、その場にしゃがみこんでしまう。

「ああ、残念、です……」

「そういうことだったんですね。ここのところ、なんだか落ち着かない様子だとは思っていました」

「失礼な態度をとってしまい、すみませんでした」

「いえいえ、そんな大変なことだったなんて」

背を撫でられて、涙が出た。シライさんに触れられてうれしい。願いは叶わなかったのにうれしい。高い位置から、いたわりに満ちた声が降ってくる。

「こうしているのも辛いですよね。じゃあ早く取ってしまいましょう。石の位置は分かりますか？」

すぐに返事ができなかったのは、惜しいと思ったからだ。苦しくて楽しい、甘ったるい錯乱から抜け出すのが惜しい。石に蝕まれているときはいつもそう思う。

でも、このままでいるのはとても危険だ。桃色の石を噛み砕いた、オキナ先輩の笑顔が脳裏をよぎる。

「うなじ……うなじだと思います」

「失礼します」

辛うじて皮膚が重なるくらいの控えめな手つきで、シライさんの指が首に触れた。振動が強くなる。それが体の中を移動して、喜びで発熱しながら彼の指に近づいていくのがわかる。

「ああここだ。脈打っている」

やりますね、と声をかけられてすぐ、冷たさに似た痛みがスッと皮膚の表面を這った。薄皮を爪かなにかで切られたのだろう。温度の低い指先が肉と肉の間にもぐりこみ、こごった塊をかき出す。ああ、シライさんの指が体の中で動いている。彼の動きが伝わる。うれしい、うれしい、うれしい！

塊が完全に体から離れた瞬間、うれしい、と感じていた心がぷつりと絶たれたように消え失せた。

代わりに不定形の、濃霧に似た喪失感が押し寄せる。中の湯を捨てた茶碗のように、鈍く体に残る熱がじわじわと下がっていく。満たしていたものがなくなったさみしさで目尻に涙が浮かび、それなのにほんの数秒前に自分を満たしていた甘く苦しい感覚はまるで思い出せない。

「ちゃんと取れました。かわいらしいオレンジ色だ」

明るい声につられて顔を上げる。するとシライさんは私の前にしゃがんで、てのひらにのせた石を見せてくれた。サイズも形もそら豆みたいなその一粒は、たしかに少しミルキーな色合いのオレンジ色だった。うちの会社が販売している業務用のアプリコットグミに少し似ている。とはいえ、石にかわいいもかわいくないもあるものか。一歩間違えば命を奪うこともある危険な物体だ。

のんきな人だなと呆れに近い、なんの熱も孕まない感情がすっと湧き上がり、私は肩をすくめた。オレンジ色のそら豆が、シライさんのてのひらの上でかすかに揺れる。まばたきしていたらわからなくなりそうな、一ミリにも満たないかすかな震えを数秒ごとに繰り返す。体の中に在るときはずいぶん大きく感じたのに、こうして眺めると本当に些細な物体に振り回されていたんだなと不思議な気分になる。

「もう捨てちゃってください、そんなの」

「いいえ、本人の前で捨てるのはマナー違反なので、ひとまず持ち帰ります」

シライさんはオレンジ色の石をハンカチでくるみ、ポケットに入れた。

「ああ、震えている」

おかしそうに言うので少し腹が立ち、続けて私にもおかしさが込み上げた。

「シライさん」

「はい」

「また飲み会でカナリアの話をしてくれますか？」

「もちろんです。それじゃ、ネムさんも早くお昼食べないと休憩時間が終わっちゃいますよ」

サンドイッチとミルクティを大事そうに持ち直し、シライさんは会議室を出て行った。

シライさんにふられた私の話に、「あいかわらず軽率な恋をしてるね」としみじみ相槌を打ったのはクレハだ。

「軽率って」

「相手になんの働きかけもしないうちに告白してどうするの。いきなり打ち明けたって、石なんか生まれてるわけないじゃない。もっとその気にさせてからにしなきゃ」

「えー。どうすればその気になるのよ」

「親しく話しかけるとか、適当な方便で遊びに誘うとかさ」

「シライさん、職場であまりおしゃべりしたいってタイプじゃないもん。遊びも、なにが好きかなんて知らないし」

「そんなよく知らない人のことをどうして好きになったの？」

まさかパソコンの縁を叩いていた指が気になって、だなんて言えない。私はぬるくなった缶ビールをあおって八分咲きの桜を見上げた。二畳ほどのビニールシートにはビールの他にタッパーに入った炊き込みご飯のおにぎりと唐揚げ、きゅうりと人参の糠漬けが並んでいる。

「まあ、こういうのは交通事故に遭うようなものだからさ」

クレハの横であぐらをかいたゼンが取りなすように言ってくれた。ゼンの膝の上では、父親の胸板に柔らかい頰を押しつぶして生後四ヶ月のミツくんが眠っている。小学校の先生をしているゼンは同じ職場の人と結婚して、今年の始めにミツくんを授かった。赤ん坊がいては外出は厳しいかとも思いつつ、ダメもとで花見に誘ってみたら、むしろ妻を休ませたいからミツも連れてっていい？　と聞かれた。拒む理由はなく、つい先ほどまで芝生で寝返りを打たせたりおもちゃを揺らしたりと一緒に遊び、一時間経ってようやく寝てくれた。私とクレハとゼンは高校の合唱部の同期生だ。今でも家が近所で、ゆるやかな交流が続いている。

「実際、ゼンとパートナーさんの関係は交通事故みたいな感じで始まったの？」

多少のやっかみもあって聞いてみる。ゼンは遠くの景色に目を凝らすような顔でうなりながら首を傾げた。

「どうだろう？　俺はあの人のことを会ったときからいいなって思ってて、だんだん石がふくらんでいって、そうしたらあの人が石を交換しないかって言ってくれて、それで」

「スムーズすぎてなんの参考にもならない」

ねえ、と同意を求めてクレハを振り返る。するとクレハは米粒でも食べこぼしたのか、ビニールシートからなにかをつまみ上げていた。ウェットティッシュを差し出すと、ありがとう、とうなずかれる。

「うまくいくときってそういうものかもね。それに……いいじゃない。もう辛くないんだから。シライさんがちゃんと取り出してくれたんでしょう？　いい人だね。病院で取り出すとなると結構お金かかるし」

「医者の指をいやがって体の奥に逃げるから、痛いんだよな」

「あー、そうだね。シライさん、親切だった。ぜんぜん痛くなかった」

今となってはなにも思うことはないが、あの人と共鳴できたらきっと私は幸せになれたのだろう。好き合った相手と取り出した石を交換し、それぞれの体に空いた裂け目に入れる。すると喜びに震える石同士が共鳴し、私たちは一人で石を膨らませていた頃よりもずっと深い、たゆたうような喜びを得られるのだという。

「ねえ、共鳴ってやっぱり幸せ？　いいもの？」

三人の中で、恋が成就した体験を持つのはゼンしかいない。ゼンはまた遠くを見るようなしかめっ面をして、んー、うん、とうなずいた。

「いいものだと思うよ。すごく落ち着くし……こういう感じになりたかったんだって、わかる。でも、うーん」

「でも？」

「もう俺はこのまま、どこにも行かないんだなって変な気分になる」

私とクレハは顔を見合わせた。どうやらゼンは私たちのそれとは全く異なる、ややこしい悩みを抱えているようだ。

「ゼンはもっと多くの悲恋を重ねたかったってこと？」

「いや、そうじゃなくて。たぶん誰かやなにかを好きになって石を捧げるのは、命の使い方を決めることなんだ。俺はもう決めたことになる。だから、ときどき決めてなかった頃がなつかしい。なんだろう……なにかを失った気分になるのかな？」

クレハが顔をしかめてゼンの背中を叩いた。

「贅沢な悩み！　こっちは捧げたくても捧げられなくて苦しんでるっていうのに」

ミツが起きるだろ、とゼンは迷惑そうに肩をすくめた。


りり、と涼しげに響くかすかな音がどこからやって来るのか、初めはわからなかった。そのくらいその音は小さくて、しかもすぐに鳴り止んでしまった。

ロッカールームで聞くことが多いと気づいてからは、意識して耳を澄ませるようにした。不思議とその音は私の心を引きつけ、聞き流すことができなかった。

シライさんがロッカールームにいるときによく鳴っている。そこまでわかれば、探す場所は一つだ。他の社員がいなくなったタイミングを見計らって、四つ離れたシライさんのロッカーの扉を開けた。音をなるべく立てないよう、慎重に。

コートや鞄がかけられたハンガーパイプの上の棚に、ガラス製の小瓶が八つ並べられていた。左端の小瓶の中身に見覚えがある。ミルキーなオレンジ色の石。その隣の石は、透き通った深い緋色だ——ずいぶん高い純度で思い詰めたのだ、きっと。その隣は眺める角度によってうっすらと虹色の光をまとう淡いグレー。さらに隣は、星々に似た無数の銀の粒を内部に閉じ込めた紺碧。さらに隣はこっくりと濃厚なピンク。さらに隣は——

「了解もなく人のロッカーを開けないでください」

私は一体どれだけの時間をそこで立ち尽くしていたのだろう。いつのまにか、シライさんが顔をしかめて傍らに立っていた。

「すみません」

「本当ですよ。なんですか、まだ石が体に残っているんですか？」

「そうじゃなくて」

「とにかく、そこをどいてください」

シライさんがロッカーの扉に手をかける。その途端。

りり、と左端の小瓶が鈴のような音を立てた。シライさんの接近を感知した私の石が喜びに震え、小瓶に体を打ちつけている。その音色が、リズムが耳に届いた途端、奇妙な焦りが込み上げた。シライさんが好きだ。いや、好きじゃない。シライさんを体の中にいれたい。シライさんの体にもぐり込みたい。いや、もうそれは終わったじゃないか。衝動に振り回されて胸が悪くなる。

「シライさん、それを捨ててください。それか瓶から取り出して。音が……気になって」

「え」

シライさんは急いでガラス瓶を開け、私の石を取り出した。手の中に握りしめる。音は止んだけど、きっとそれはますます喜んでいるんだろうな、と他人事のように思う。

「そうか。あなた以外の人たちはここのロッカールームを使っていないから、今まで気づかなかった。ごめんなさい、迷惑をかけました。ここに保管するのはやめます」

「保管……変わった趣味をお持ちですね」

「そうですか？」

「というか、すごくモテるんですね、シライさん」

目立たない人だと思っていたので、意外だった。シライさんの指先のひらめきに惹かれたのは、私だけではなかったのか。石を取り出すのが上手なわけだ。

「モテてるんですかね？」

「十分だと思いますよ」

「ネムさんはこれまでにいくつの石を受け取りましたか」

「そういうこと聞くんですかあ？　学生時代に一つだけです」

あいにく私は、石の交換を提案してくれた他クラスの生徒の名前すらおぼろげだった。丁重にお断りし、ぽろぽろと泣いているその人の鎖骨のくぼみから慎重に石を取り出した。表面の薄皮が爪ではうまく切れず、カッターを使ったら少し血が出てしまって、申し訳なかった。摘出した石は艶《つや》のあるキャラメルのような色で、よく知らない人の思いが凝ったそれはありがたいというより戸惑いが強く、私が持っている限り震え続けるのにも困って下校途中の川に落とした。今頃、海の底で光っているだろう。そんな始末をされる石はきっと多いんじゃないだろうか。報われなかった想いで輝くもう一つの銀河。

「八つもあると壮観です。少し怖い」

「怖いものですか？」

「私は高校時代の先輩が結晶死したので、石には怖い印象があります」

私が初めて石を発生させた相手だった。快活で笑顔が人なつこい、ハンドボール部のエースだったオキナ先輩。多くの学生があの人に心を奪われ、石を捧げた。私もその一人だった。うれしいよ、でもごめん、今は部活のことしか考えられなくて。まるでセリフのように同じ断り文句を繰り返し、泣いている相手を慰めるように先輩は摘出した石を口に含み、噛み砕いて呑み込んでみせた。それが当時の流行《はや》りで、最も誠意のある対応だと信じられていた。人体から抽出された石は、甘いらしい。塩気のある蜂蜜の味だとよく言われる。

数十人分の石を笑顔で飲み下した先輩は、しかし卒業間際に自室で死んでいるのが見つかった。まことしやかに広まった噂によると発見当時、先輩は喉から左胸にかけてが赤紫色の石に変化し、喉を掻きむしるような姿勢で硬直していたらしい。石が育つ速度にはばらつきがあるとはいえ、体表を侵食するほど巨大な石となると年単位の恋だ。誰も先輩の恋に気づかず、先輩も誰にも打ち明けなかった。

オキナ先輩の話を聞きながら、シライさんは要領を得ないとばかりに首を傾げた。

「慕った相手に打ち明けたっていいし、言いにくいなら病院に行って摘出してしまえばいい。ときどき結晶死する人の話は聞くけど、正直わからないですね。なんでそんな妙な行動をとるのか」

「えー……石が育っているときは、情緒がぐちゃぐちゃになってるから冷静な判断なんてできませんよ。秘めた想いと心中するような気分になっちゃったんじゃないですか？　え、シライさんってもしかして」

「そうですね、石が発生したことはありません。誰かに気安さを感じるくらいなら、あるんですが」

平然と言われて驚いた。私は人よりも石ができやすいくらいなので、石をまるで発生させずに長い年月を生きるイメージがまるでもてない。

「たまに……ほら、月とか海とか火山とか、そういうものに焦がれて石ができる人の話を聞きますが」

「いや、特にそういうこともなく」

「仕事とか、国とか」

「仕事は、まあ普通ですね。国も特には。きっと私は、全般的に情熱と呼ばれるものが人より乏しいんだと思います。思い詰めるほど欲しがるということがない」

「カナリアは？」

「これらの石と同じです。美しいなと思って、大切に世話しています」

はあ、と思わず深いため息がもれた。

「私の恋って、本当になんの望みもなかったんですね」

「そうですね。残念ですが」

「私の石だけでなく、こんなにきれいな他の七つも」

壮大なエネルギーの無駄だ。どうしてこの世はこうも成就しない恋を発生させ続けるのだろう。誰にも必要とされなかった石たちを集めて、世界平和とかに役立てられたらいいのに。

「そういえば、他の七つは鳴らないんですね。シライさんが近づいても」

「あれ、ご存じないですか？　石は摘出して二週間経つと動かなくなります。それまでに思う相手の体内にもぐり込めば動き続けられるようですが。たぶん元の持ち主から分けられた命が、その期間で尽きるんでしょうね」

口にして、シライさんはううん、とうなった。自分で言った内容に納得していない素振りで、もう一度口を開く。

「分けられた、というより、生まれた、ですかね。あなたから生まれ、時々あなたの脳にいたずらし、人体を離れると二週間しか生きていられない、小さくて美しくて厄介な生き物がこれです。かわいいでしょう？」

そう言って、自分の手のひらにのせたオレンジ色の石を見せてくる。

「ぜんぜんかわいくないです」

私は苦々しい気分で、振動するそら豆から目をそらした。

「かわいくないけど、生まれるものなら、意味がなくても仕方ないですね」

「仕方ないんじゃないですかね。私にはわかりませんけども」

ふふ、とシライさんは少し楽しそうに笑う。

この人にはあんがい人が困っている姿を楽しむような意地の悪い性分があるのかもしれない。石に蝕まれていた頃より、シライさんのことがよく見える。そうして見えた新しいシライさんのことを、私は、それほどきらいではないと思った。

夕方になるとミツくんがぐずってしまうからと、ゼンは一足早く荷物をまとめて帰っていった。ゼンが持参した唐揚げと糠漬けが入っていたタッパーもなくなり、クレハと二人で広くなったビニールシートに足を伸ばして座る。風が吹くたび、光沢のある花びらが雨のように降ってくる。

クレハは飲みものの入ったクーラーボックスを覗いた。

「ビール、ラスト一缶でーす」

「半分こにして飲もうか」

「そうしましょ」

「クレハ今日ちょっとピッチ早くない？」

「そんなことないよん」

タブを起こし、一口飲んでこちらに缶を差し出す。その友人の袖口から、ぽとりと青色の石が落ちた。南国の海をくり抜いたようなネオンブルーが、私たちの動きに合わせてビニールシートの上を転がる。

「え？」

クレハはビールの缶を持ったまま、落ちた石を見つめて黙っている。私はひとまずビールの缶を受け取り、続いて石をつまみ上げた。

「これ、誰の石かわかる？　クレハの石？」

聞いてみたものの、自然に体から落ちたということはきっと、彼女自身の石ではないのだろう。

長いためらいを経て、クレハはやけに平べったい、抑揚の乏しい口調で言った。

「私の石じゃない」

「じゃあ誰の？」

「ソラチカさんの」

ソラチカさん、はクレハが以前から秘かに石を膨らませていた同僚の理学療法士の名前だ。え、交換できたの？　とはしゃぎかけて、それならこんな風に彼女の体から石が落ちるはずがないと思い直す。クレハは歯でも痛むかのような、左右のバランスを欠いたぎこちない表情で続けた。

クレハとソラチカさんの勤め先は地域医療を一手に担う大きな総合病院だ。だから、退勤したソラチカさんがバイクで帰宅する途中に信号無視のトラックに側面から衝突された際、運び込まれたのは他でもない、つい先ほどまで勤務していた彼自身の職場だった。

「もう運び込まれたときには亡くなってた。けどさ、彼のご家族が見る前に少しでもご遺体の様子を整えたくて、それで」

止血を始めとする死後処置を行っていたクレハの手に、たまたまこの石が転がり込んできたらしい。彼の印象そのままの、きっぱりと潔いネオンブルーをどうしても手放すことができず、彼女はそれを自分のポケットにすべり込ませた。

「ああ運命だ、あの人の石と一緒に生きていこうってボロ泣きしながら自分の石の摘出手術を受けて、代わりにこれを入れたのに。私の体をいやがって出てくるの。ぴくりとも震えないくせに、気がつくとぽったーんって落ちるの。私じゃないの。この石が行きたかったのは、他の人の体なの。そばにある私の石ばっかり震えてて、こっちは微動だにしないの。結局一度も共鳴しないまま、おとといやっと私の石が死んだ」

クレハはもどかしげに眉間にしわを寄せ、トートバッグの内ポケットからマスカットグリーンの石を取り出した。こちらが彼女の石だろう。石を摘出し、恋心はすでに失っているのに彼女はまだ苦しそうだった。目を射るネオンブルーと、とろりと曇ったマスカットグリーン。まったく色合いの異なる二つの石がビニールシートの上で静かに触れ合う。二つとも動かなくなって、やっと。

「やっぱり基本的につじつまって合わないよね」

「合わない。合ったためしがない」

力を込めてうなずいたクレハは、自分でも困惑した様子で眉をひそめ、ぽつぽつと続けた。

「でも、楽しかったんだよ。なんにもうまくいかなかったのに、あの人を好きでいるあいだ、本当に楽しかった」

「うん」

「きっと、ソラチカさんもそうだったと思う」

私はクレハの背後に座り直し、両腕で友人の体を抱いた。コットン素材のニットに覆われた柔らかな背中に耳を当てる。意味もなく生まれて震え続けるのは、石じゃなくて私たちの方だ。本当は誰ともそろってない、たった一人のリズムで。

「来週もお花見しよっか」

今の花が終わる頃には、遅咲きの花が咲くはずだ。クレハは答えず、二粒の石を握ってうつむいている。

「シライさんも呼ぼうかな」

てんでばらばらに震えることも、微動だにしないことも、そう変わりはしないだろう。きっと楽しい宴になるはずだ。白っぽい花びらが頬へ貼りつく。ふ、と曇天へ向けて吹き飛ばした。

マグノリアの夫

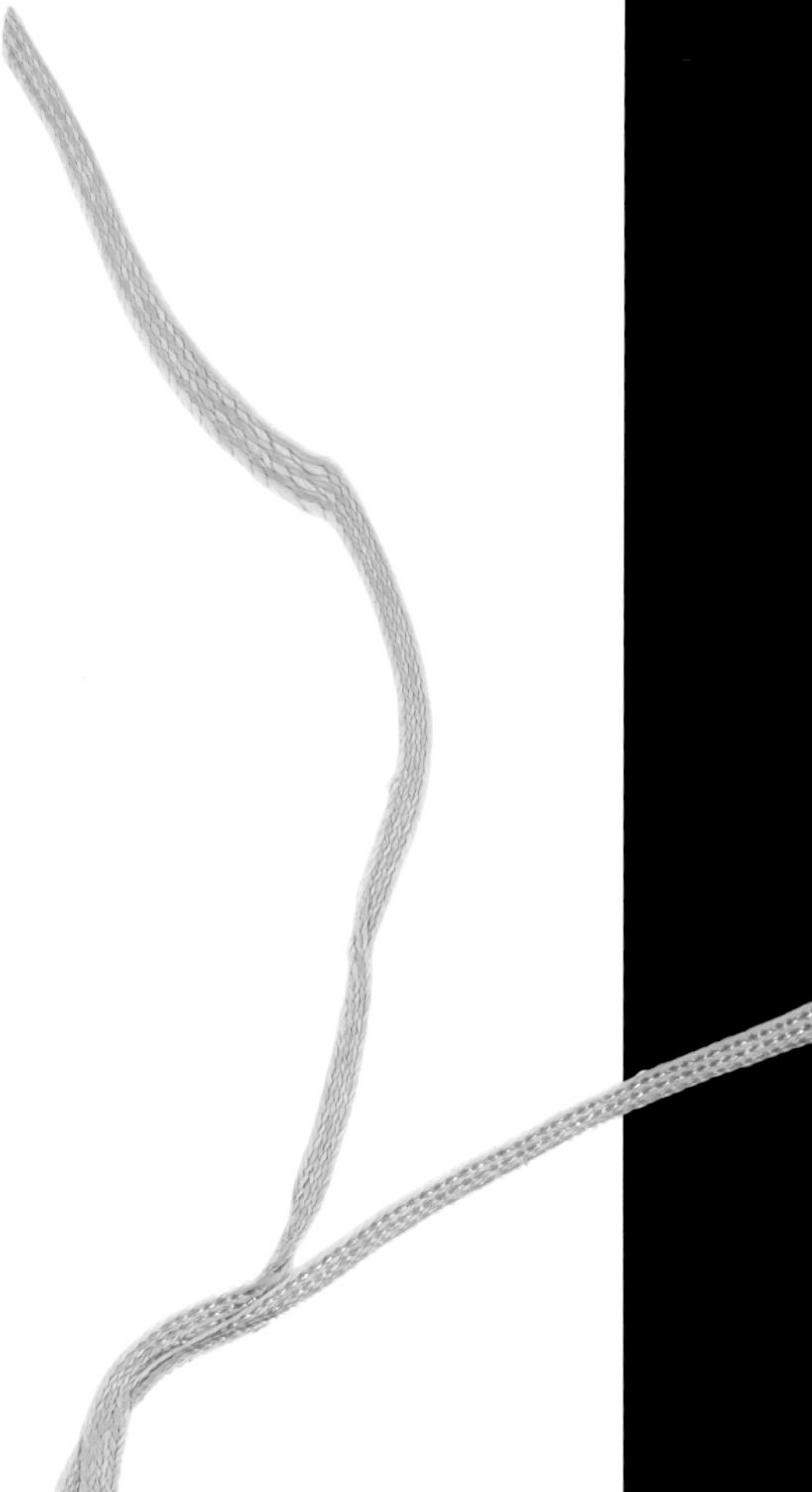

リビングに足を踏み入れてすぐに、ああ花がある、と思った。

ベランダへ通じる掃き出し窓のそば、少し埃っぽいフローリングに大きなガラス鉢が置かれ、そこに白い花がわさりと生けてある。なんだろう？　きっと夫の仕事関係のものだ。枕を二つ並べて入れられそうな巨大な鉢はいかにも舞台映えしそうだ。柑橘類の爽やかさと、絹のリボンのなめらかさを同時に感じさせる甘い香りが鼻先をくすぐる。花のある暮らしもいいものだ。

しかし今は花よりも探し物だ。リビングとつながった洋室の一角、パソコンデスクの周囲に林立する、書籍と紙束と封筒が積み上がった塔を崩して広げる。足の踏み場がないほど散らかしてやっと、宛名もなにも書かれていない白い大きな封筒を見つけることができた。中身を確認し、急いでモバイル端末を起動させて担当編集者に電話をかける。

「契約書ありました！　お騒がせしてすみません。内容を確認して、明日中に返送します！」

黒っぽい板チョコに似た機械から「ああよかったです。じゃあよろしくお願いします」と平たく穏やかな声が返った。ディスプレイをタップして通話を終え、ふと、自分がごちゃついた紙の海に飲まれていることを自覚してうんざりする。気を張って読み込まなければならない複雑な文章が書かれた契約書をその辺に放り出したくなり、同じことをやって行方不明にしたんだと思い至って、変なポーズで停止する。

「トラブルは解決した？」

郁人《いくと》の声が、思いがけず近くで響いて驚いた。振り返る。トップスもズボンも両方ブラックという目立ちたいのか紛れたいのかわからない服を着た夫が、宙で留まっていた封筒をつまみ上げるところだった。

「あれ、いたんだ」

「さっきからいたよ。横を通ったじゃない」

「変なかっこう」

「衣装です、衣装」

郁人は取り上げた封筒を丁寧な手つきで私のパソコンデスクの真ん中に置いた。まずはこれから片付けなさいね、という柔らかな圧を感じる。几帳面な夫は、他人に迷惑をかける仕事の進め方をきらう。所属する劇団でもそうだし、経営しているコーヒーショップでもそうだ。事務作業はいつも真っ先に終わらせて、契約書のチェックも領収書や請求書の発行も、先方を待たせて謝っている姿を見たことがない。

「衣装なの？　真っ黒な影の役？」

「白木蓮の役」

「えっ、みやび」

「だろう？」

天の国に迷い込んだ人間が、そこに生えていた特別に美しい木蓮の一枝を持ち帰ろうとして騒動を起こす作品らしい。切り落とされた木蓮の一枝は甘美な罪の象徴として舞台の中央に設置され、盗人の人間、天の国の衛兵、天の国の主、その妃、とさまざまに所有者を変えていく。物語の起伏に合わせて花を旺盛に咲かせたり、反対に病んでしなびたりと、芸の見せどころも多いようだ。

「変わってるけど面白い役だね」

「うん、けっこう好きかもしれない。これまで演じたなかで一番突拍子もなくて、俺自身から遠い役だ。切り落とされた枝から見る世界なんて考えたこともなかった」

「さっきまで一人で稽古してたってこと？」

「だから、横を通ったじゃないか。無視しなくたっていいのに」

会話が嚙み合わない。拗ねたように口をとがらせた郁人はズボンのポケットから白い手袋を取り出して両手につけた。絹製だろうか。生地に光沢ととろみがある。さらに同じ生地の靴下をはいて、リビングに戻っていく。彼が足を向けた先には、先ほど目にしたガラスの鉢があった。空っぽの深鉢はバーチカルブラインドの隙間から差した陽光を受けて、涼しげな青緑色に輝いている。

「あれ、ここに生けてあった花は？」

郁人はなにも言わずに大きなガラスの鉢の内部へもぐりこんだ。仰向けになり、手足をゆらりと浮かせ、白く飾ったてのひらと足のうらをくぼませてなまめかしい花冠を作る。最後に頭部に白いハンカチをかぶり、器の縁に預けてこれも一輪の花とした。

「そんな」
目の前にあるのは紛れもなく、窮屈に折りたたまれた夫の肉体だ。それなのに意識の片隅
に、旺盛に茂った白い花の像が残っている。生々しく爽やかな香りだって感じた。
花冠を模した夫の右手の中指が、私の吐息でひらと揺れる。
よく笑っている人だった。人との距離を適切に測っていて、気づまりになるほど近づくこ
とも、付き合いが切れるほど遠ざかることもなく、サークル内の誰とも良好な関係を築いて
いた。目端が利き、不備をさりげなくフォローするので上からも下からも頼られる。顔立ち
はあっさりとしていて癖がなく、手足が長い。爪の先まで意識の行き届いた、細やかで色気
のある演技をする。後輩にファンが多く、彼が所属する演劇サークルがよく練習していた空
き教室のある八号館にちなんで、八号館のプリンスと呼ばれていた。
だから大学二年生のときにサークルの脚本を担当している根津《ねづ》さんに誘われて飲み会に参
加し、初めて顔を合わせたときは、おおこれが噂のプリンス、なんて間の抜けた感想しか浮
かばなかった。こちらが挨拶をすると、郁人は綺麗に口角を上げ、指をそろえて片手を差し
出した。
「よろしく。陸《りく》さんは――あ、ごめん、空本《そらもと》さんは、次の脚本を手伝ってくれるんですよ
ね」
「陸でいいですよ。周りの友達もそう呼んでるんで」
陸、は私が小説を新人文学賞に応募していたときのペンネームだ。根津さんが明るい声で

会話を引き取った。

「陸ちゃんはすごいんだよ。このあいだなんか応募した作品が賞の最終選考に残って、出版社の授賞式に招待されたんだから」

「え、受賞したってこと?」

「いいえ、最終で落選したんですけど、業界を知るいい機会だからって万年社《まんねん》の編集さんが呼んでくれて」

「万年社」

呟き、じわりと郁人の目が大きくなった。まるでほんの一瞬だけ、端整なマネキンが人間になったような、生っぽい揺らぎが彼の表情にきざした。不思議だった。この演劇サークルはメンバーが多い上に歴史も古く、大手企業に就職したOBOGがたくさんいる。万年社もけっしてマイナーな出版社ではないが、わざわざ復唱するほど特別な会社ではないと思う。だから、聞いた。

「誰か知り合いでもいるんですか?」

「いや、そういうわけじゃないんだ」

郁人はすぐにもとのプリンスの顔に戻って微笑んだ。根津さんが先輩に呼ばれて席を外した後も、私たちは薄い酎ハイを飲みながら話を続けた。同い年で、学科は違うけれど二人とも文学部で、と共通項が多く、話しやすかった。

「空本さんなのに、ペンネームは陸なんですね」

「ふわふわしたもの、きらいなんですよ。空より陸の方がグッと踏みしめられる感じがしていいです」

「おお、強そう。作風もそんな感じなんですか」

「うーん、そうかも。噛んだら土や鉄の味がしそうな作品が好きですね」

「じゃあ、陸さんに手伝ってもらう秋祭の劇で、俺たちは土や鉄の味がする世界に放り込まれるわけだ」

「どうだろう？　そういうものしか書けないわけじゃないんで、根津さんや渡《わたり》さんと相談します。あと、役者さんたちを見てキャラクターを考えてほしいって言われてるし」

「へえ、すごい。俺はどんな役が向いてそうですか」

答えをある程度予測しているような、余裕を感じる聞き方だった。私は手に持ったグレープフルーツ酎ハイのグラスを置き、改めて郁人を見た。脚本手伝いの話を受けたのは新人賞で落選した私の作品について「人物の描写が薄く、存在感に乏しい」と選評に書かれていたからだ。今までは一人で黙々と書いてきたけれど、たくさんの人が所属するサークルに関わることで、描ける人物の幅を広げたかった。

体の向きを変えて正対し、郁人を観察する。隙がない、という印象がまず浮かんだ。服装は色味を抑えたコンサバ系。真面目そうで、目に力がある。自分に自信がないわけではなさそうだ。ただ、どこか半歩引いて常に身構えているような、全身からなにかしらの緊張を感じる。そうだ、この人は常に警戒している。ひとすじの不穏さが、人差し指の先から細い煙のように立ちのぼっている。

「……こう、思い切り物を床に叩きつけて、叫んで、地団太を踏んで怒り狂う悪人の役とか、やってほしいですね」

郁人は再び目を見開き、急にぶはっと噴き出すと、周囲の人たちが振り向くくらい大きな声で笑い出した。


郁人が存在の奥深くにしまっていた内緒の話を教えてくれたのは、出会いから一年を経た大学三年の夏合宿の最終日だった。すでに二回の公演で脚本制作に関わった私は、合宿にも顔を出すほどサークルと縁を深めていた。大学の秋祭の公演に向けて、負荷の強い稽古を朝から晩まで十日間ぶっ通しで続けたサークルメンバーたちは、最終日の夜だけ羽目を外して思い切り酒を飲んだ。

長テーブルの端には空っぽになった焼酎とウイスキーの瓶が並び、広間いっぱいに酒とポテトチップスとさきイカのもったりと重く生温かい匂いが充満していた。完全に目を据わらせてえんえんと演劇論をぶつ人、早々に泥酔して広間のすみで眠る人、終わりのない恋バナをしている人、なぜか空いた和室で稽古を始める人、支離滅裂なことをしゃべりながら廊下に寝そべって携帯ゲーム機でゲームをしている人、どこかに消えたカップル、酔っぱらいを見限って自販機のアイスを買いに行った未成年の一年生たち。様々に動向がばらけるなか、三ウイスキーをしこたま飲んだ私と郁人は、広間の空っぽな押し入れの下段にもぐり込み、三角座りをして話し込んでいた。郁人が先にそこに隠れていて、あとから私が偶然入った。そこはやけに落ち着いた。半開きの襖から広間の明かりが差し込んでいて、ほんのり暗くてほんのり明るい、秘密基地みたいな場所だった。

「カクシゴ」

告げられた単語があまりに私の日常からかけ離れていたため、一瞬意味をつかみそこねた。

カクシゴ。隠し子。隠し子？

「どこかに閉じ込められて育った、ってこと？」

「違うよ。酔ってますね？」

自分だって赤い顔をしているくせに、郁人は笑いながら私の頰をてのひらでタップした。

距離が近い。

「作曲家の日与士《ひよし》幻馬《げんま》？　世界のヒヨシ？　うっそ、実家にコンサートのアルバムあったよ」

「ふふ」

「『百合の花からしたたり落ちる』の人でしょう？　私でも知ってる。あの人が書く曲、きれいだよね」

「生涯にわたって関係性を公表しない、二度と会わない、子供の父親は伏せるってことで手切れ金をもらって、俺の母親は自分の店を始めたんだ。おにぎりと豚汁の店でさ、地元じゃけっこう繁盛してるんだよ」

郁人はただの世間話みたいに言って、酔い覚ましの炭酸水に口をつけた。私の顔を見て、ふっとほどけるように笑い、自分の口に人差し指を当てる。

「内緒ね。あんまり噂になって、母親が困るといやだし」

「なんで内緒なのに言ったの？」

「なんでだろう」

立てた膝へ、重たげに上半身を倒し、郁人は動かなくなった。酔っぱらった人間特有の鈍い動きだ。私もいい加減酔っているのがしんどくなってきて、一度押し入れを出てテーブルからレモンスカッシュのボトルを持ってきた。再び郁人のそばに座り、ちびちびと口をつける。酔いで目の周りを赤くした郁人がこちらを見て、片手を少し浮かせて、やめた。その仕草が手をつないでほしがっているように見えて、慎重に彼の手に私の手を重ねた。

「日与士幻馬に会ってみたいの？」

いや別に？　と即座に郁人は返した。速すぎて、そう考えることが反射になっているのかなという感じの返事だった。

「つか、会えない。公表しちゃいけないんだから」

「そうかあ」

「妻は大物俳優の奥野百合《おくのゆり》で、娘二人はバイオリニスト。親子で武道館でコンサートやってる。そこに俺がしゃしゃり出てどうするんだ。台無しじゃないか」

「そこで台無しになるのは別に蘭堂《らんどう》くんのせいじゃないと思うけど」

「というか、俺じゃなくたって、普通の人はヒヨシに会えない」

「だよねえ」

「そう思ってたのに」

「ん？」

郁人は立てた膝にぐりぐりと額を押しつけ、ため息をついた。

「あの人、万年社でエッセイ出してるんだよ。だから、陸さんに連絡した編集者がそうかは分からないけど、もしかしたら陸さんが行った会場のどこかにあの人と仕事した編集者もいたのかなって思ったら、混乱した」

「ああ」

知人の知人の知人くらいまで関係を辿れば、大抵の人間に届いてしまうものなのかもしれない、と漠然と思う。それでも、郁人がなにを言いたいのかよく分からない。

「万年社に就職するとか？」

「いや、まさか。仮にそんな方法で会っても、担当を替えられて終わりだろ？　そういうんじゃなくて」

「うん」

「……そういうんじゃなくてさあ」

口の中で音を転がすようにつぶやき、郁人はしゃべるのをやめた。私もそれ以上聞かなかった。レモンスカッシュを飲む。サークルリーダーが宴の終わりを告げるまで、ずっと手をつないでいた。


数ヶ月後、郁人はいくつかの企業の内定を獲得したものの悩んだ末にそれを辞退し、友人が立ち上げたコーヒー豆の卸売会社を手伝うことにした。そして大学を卒業すると、演劇サークルと縁のあった劇団のオーディションを受け、劇団員になった。

その頃にはもう私たちはつき合いだしていたけれど、郁人が言った、そういうんじゃなくて、に続く言葉は、結局説明されなかった。

私は大学四年生のときに作家としてデビューし、二年ほどメーカーで働いたのち専業作家になった。それぞれの仕事のリズムが整った二十代半ば、なんとなくずっと一緒にいる気がして、郁人にも聞いたら「俺もそう思う」と返されたため、そのまま特にドラマチックな決断もなく結婚した。

披露宴は行わなかった。式の他には写真撮影と親族だけを招いた小さな会食を催した。郁人のお母さんは鮮やかな鳳凰柄の黒留袖を着てやってきた。ふっくらとした体つきの、頬のあたりに夏の花のような明るさを感じさせる溌剌とした人で、この人が世界のヒヨシと交際したのだと思うと妙に生々しかった。早くに夫を亡くし、女手一つで育てた息子が立派になってくれてうれしい、と彼女は私の親族へ流暢にストーリーを語り、郁人も横で穏やかに頷いていた。

社会人になってからも、郁人の雰囲気は変わらなかった。隙がなく、穏やかで、社交性が高い。創立メンバーの中で一番接客やスタッフの指導に向いているからと、会社が直営するコーヒーショップの経営を任された。しかし俳優としてはなかなか芽が出なかった。熱意はある。裁量権が大きい仕事であることを生かして時間をやりくりし、懸命に稽古に打ち込んでいる。しかし公演で名前のある役柄に選ばれることは稀で、登場シーンもとても短かった。八号館のプリンスは、卒業してしまえば会社員Aや店員Bだった。

反対に私は運と環境に恵まれ、デビューから数年足らずで新人作家向けの文学賞を受賞し、順調に作家としてのキャリアを積み上げていった。

結婚して四年が経ち、私が二つめの文学賞を受賞した夜。祝いのワインをサーブしてくれながら、郁人はこんなことを言った。

「陸の方が先に、俺の父親に会っちゃいそうだね」

一瞬、夫がなにを言っているのか分からなかった。私が世界のヒヨシに？　会ってどうする？　私はたしかにヒヨシの作品を知っているけれど、彼のファンではない。会いたいと要望も出していないのだから、仕事が組まれるわけもない。

「会わないと思うよ」

「そう？」

「うん」

「まあ、会わないとしても、陸の作品が映像化されてあの人が楽曲を提供するとか、そういう仕事上の接点は生じそうじゃない？　今でも時々ＣＭや映画の曲を引き受けてるみたいだし、ありえない話じゃないだろう？」

伏し目がちに微笑む夫を見ながら、もしかして私が過去に聞きそびれたものは――あるいは私が意図せずトリガーになってしまったものは、けっこう大きくて取り返しがつかないことなんじゃないかと思った。

「私とヒヨシに接点を持ってほしいの？」

「いや、別に」

「私が彼に会っても意味ないでしょう」

「そうだね」

注いでもらったワインに口をつける。心が騒がしく、あまり味を感じられない。郁人も席についてグラスを傾けた。涼しい顔をしている。

陸の方が先に、という言い方からは、いつか郁人自身が父親に会うことを——おそらくは成功した、仕事上で替えの利かない表現者になって会うことを目標にしている、という思考の流れが透けて見えた。

純粋に表現を突き詰めたいからではなく、冷淡な親族に自分を認めさせるための芸術活動？　そんな余所見をしながらの活動が、本当に実を結ぶのだろうか。もしかして、就活の頃からそう考えていたのか。

しみじみと、閉じた人だと思う。思うこと、望むことをすべて内側にしまい込む。どこかで破綻しそうなのに、なまじ器用なものだから、秘したまま日常生活を回せてしまう。

「コーヒー」

「うん？」

「郁人たちのコーヒーの会社、評判いいよね。来年は鎌倉にもお店を出すんでしょう？」

「うん、おかげさまで」

「ヒヨシもどこかで飲んだかもしれない。そうは思わない？」

郁人はなんでそんなことを言うのか分からないとばかりに、怪訝な表情で頭を傾けた。

「昔、コーヒーと音楽をテーマにした雑誌の特集で、あの人が国産のコーヒーを愛飲しているってコメントしているのを読んだことがあるよ。うちの会社は、リーダーが留学した際に縁を持ったケニアのコーヒー農園の豆を多く扱ってるから、たぶんあの人が好んで飲むことはあまりないいんじゃないかな」

「そう……」

偏屈そうだなあ、世界のヒヨシ。世界の、って言われるぐらいなんだから、ケニアのコーヒーも飲めばいいのに。ただ、考えてみれば彼が「世界の」と呼ばれるようになったのはアメリカの映画祭で作曲賞をとったからで、彼自身はアフリカ大陸とは縁もゆかりもない。アメリカで評価されたらすぐに「世界の」とつけてしまう日本のテレビ局の方が軽率なのかもしれない。

「どうしてもヒヨシに届かなきゃだめ？　演劇っていう営みそのもので、あなたが幸せを感じるのは難しい？」

今度は明確に郁人は顔をしかめた。人差し指の爪を二回、かつ、かつ、とテーブルに弾ませて苦々しく口を開く。

「陸は、望むような評価を得られず苦しみながら活動している同業者にも同じこと聞くの？　評価されなくても、それをやってるだけで幸せを感じないのかって？」

「必要性を感じたら聞くと思う」

「そうか、強いな」

郁人は眉間にしわを刻んで目を閉じた。もうしゃべらないのかと思い、私はワインのつまみに用意してあったハイカカオのチョコレートを少しかじった。数分後、演劇は好きだ、と郁人は静かな声で言った。

「特に、舞台に上がっている間、普段の自分とはまったく違うものの考え方をして、まったく違う人生を生きている感じがいい」

それは私が味わったことのない人生の喜びだ。違う人生を生きるなんて、発想そのものを持ったことがなかった。想像し、想像しきれず、豊かさを感じて頬が緩む。いいね、と相づちを打つと、郁人は肩をすくめてワインをあおった。

二人でボトルを空けた。指先まで赤くなった郁人の手が素敵で、手の甲のおうとつを撫でていたらセックスをする雰囲気になった。カウチソファに移動して、キスをしながら服を脱ぐ。郁人の前髪をかき上げる。右の生え際に小さく三つ、オリオン座の三つ星のように浮かんだ黒子が好きだ。そこにも唇を押し当てる。

普段よりも体温が上がり、きれいな桃色になった郁人の指をしゃぶる。爪と皮膚の間に先ほどまで彼がつまんでいたカシューナッツの塩気が染みていておいしい。もう一方の手で脚の付け根をこねられるとどんどん濡れた。腹と腹の間でぬっと顔を上げた赤黒い性器にゴムをかぶせ、とろけたくぼみの奥深くまで押し込む。腹のずっと下の方で、小さなくす玉がぽんぽん弾けていくみたいに気持ちがいい。郁人とのセックスはいい。セックスだけでなく会話や沈黙、手をつなぐこと、様々な欲求のリズムがぴたりと合う気がする。薄暗い押し入れで初めて手をつないだとき、ときめきよりもむしろ、自分のてのひらにしっくりとなじむものを握りしめたような安堵を感じた。

終わった後、一緒にお風呂に入った。それぞれに体を洗い、湯船に浸かる。私は浴槽の縁に腰を下ろした郁人の太ももに頭をのせた。

「陸は、どうして俺とつき合おうと思ったの？」

性器へと下りていく薄い体毛の流れを見つめて考えた。

「郁人は学生の頃からすごく周りを警戒してて、体の内側にグッと力が入っている感じがした。弾けそうで弾けない、耐えてる感じ。でも、仲良くなったらふっと強ばりをほどいて、内側を見せてくれたでしょう。内緒の話を教えてくれたときの顔が柔らかくて、本当はこんな人なのかなって思って……お花が咲いたみたいに見えて、好きになった」

二十代の終わり、ワインの酔いが残る私は確かにそう言った。そのとき、郁人がどんな顔をしていたかは覚えていない。腹の毛しか見ていなかった。

「私もいっこ聞きたいな」

「なに」

「どうしてお父さんのことがそんなに好きなの？　自分の家庭があるのに、ホステスだったお母さんを別宅に囲って、子供ができた途端に逃げようとした酷い人なんでしょう？　会いたいどころか、憎んで当たり前じゃないの？」

頭の上で小さな笑い声がした。

「みんながみんな、陸みたいに真っ直ぐな理屈でものを考えるわけじゃない。……そういえば、今日の発表でも選考委員にチクッと言われてたな。大胆な物語のうねりに圧倒され本作の受賞が決まったが、改善点をあげるとすれば人物の描き方に書き割り的な単調さがあり、って」

「すみませんねえ」

「憎んだ時期ももちろんあるよ。ただ、中学の頃だったかな、母親からあの人について聞いたあとは、ずいぶん曲を聞いたんだ。メジャーなのからマイナーなのまで。なんとなく、知りたくてさ。自分にどういう人間の血が半分入ってるのか。それで、次の休みの日に町に出て――ぞっとしたんだ。町のあちこちから、あの人の曲が聞こえる。カフェ、書店、電器屋、デパート、あらゆる場所でＢＧＭに使われてた。どこにいても存在を感じる。それなのに俺は、くそでかい秘密を守らなきゃいけない。俺が息子だって誰にも言えない。町全体に存在を否定されてるみたいで」

俺は、本当は生まれてないんじゃないかって、変な気分になったんだ。

最後の呟きは、耳の横から聞こえた。気がつけば湯をしたたらせた体で、覆いかぶさるように郁人を抱きしめていた。私の、私が守るべき、夫の体。

それから十年が経ち、私は今、舞台の上で木蓮の花として生きる夫の姿を目にしている。周囲の演者の動きに合わせ、白い花冠が微細に揺れる。命の燐光をまとった、切り落とされたばかりの生の花。

そうとしか、見えない。

「あのお花、動いたよね？」

「え、人が演じてるんでしょう？」

「そんなわけないじゃん。本物だよ。風とかで動かしてたんじゃない？」

「ずっと見ちゃった」

「造花じゃないの？　機械で動くやつ」

「なんかグロかったなあ」

芝居が終わると、周囲の席の人々は口々に夫が演じた木蓮について語り出した。いつもはチケットがさばけず苦労するのに、ＳＮＳ上で口コミが広がり、二日目の夜には千秋楽までのチケットが立見も含めて完売してしまった。

「おめでとう！　大成功だね」

帰宅した郁人を強く抱きしめる。役作りの一環として香水をつけているのだろう。彼の首筋から涼しげで甘い香りがふわりと漂った。郁人は笑いながらこちらの体へ腕を回し、ありがとう、と頬ずりを返してくれた。

「チケット完売も、すごいね」

「うん。こんなことなかったからうれしい」

でもなあ、と呟き、郁人は幾度かまばたきをして黙った。

「どうしたの？」

「うーん……もっとうまくできたなって。足りてなかったところが漠然と分かるし、気になってる。明日はもっと花らしくできると思う」

「楽しみにしてる」

「ありがとう。陸に芸を褒めてもらえて、うれしい。花として生きるのも楽しい。いま、すごく、幸せだ」

いつもチケットが売れずに苦労しているので、私は郁人が所属する劇団の公演では、初日から千秋楽まですべての日のチケットを一枚ずつ購入するようにしている。普段は友人や演劇好きの編集者に何日分か譲るのだが、今回の公演は間違いなく夫にとってメモリアルなものになるだろう。仕事を調整して、七日間すべての公演を毎日観に行くことにした。

そして、夫は月が満ちるように日ごと本物の花へと近づいていった。掲げた手足の角度。他の演者が大立ち回りを行った際の花弁のそよぎ。呼吸し、代謝し、少しずつ存在を広げていこうとする生き物の欲求が、光の膜となってなんの変哲もないガラス鉢を覆っていく。

千秋楽の前日、劇場を出ると背後から肩を叩かれた。

「陸さん、どうも」

笑いながら会釈しているのは、万年社で文芸誌の編集をしている早見《はやみ》さんだった。三年前から私を担当してくれている同年代の男性で、浅葱色のスプリングニットに涼しげなシルバーのチェーンネックレスを合わせている。

「あれ、いらしてたんですか」

「SNSでこの劇の話題が流れてきて、あれ、この俳優さんはもしや陸さんの夫さんではと、とっさに」

「ありがとうございます。観てもらえてうれしいです」

「陸さん、もう夕飯は召し上がりましたか？」

「まだです」

「よろしければご一緒にいかがですか」

早見さんは朗らかに微笑んでいる。依頼している書き下ろし原稿の進捗を確認するつもりなのだろう。プロットはまったくの白紙だが、ちゃんと進めていますという雰囲気は出していかなければならない。雑談からなんらかのヒントを見いだせるかもしれないし。私はにっこりと笑い返した。

劇場からほど近いカジュアルイタリアンの、季節のおすすめピザの具材はたけのこと菜の花としらすだった。それとマルゲリータを注文し、二人でシェアして白ワインを飲む。話題は自然と、観たばかりの劇にまつわるものになった。

「蘭堂さん、すばらしかったですね。まるで本物の木蓮の枝が置かれているような存在感で。とても妖艶で、見とれてしまいました」

「うれしいです。本人にも伝えておきます。初日の時点でもう、びっくりするほど花っぽかったのに、どんどんリアルになっていくんです。毎晩帰ってきてから、少しずつ演技を修正していて。彼の中でなんらかの完璧が、思い描けているみたいで」

「それはすごい。千秋楽のチケットもとっておけばよかったなあ」

「……本当にリアルで、ちょっと怖くなるくらいで」

なにげなく口にして、私は人差し指の背で下唇を押さえた。編集者と向き合うときは物語のヒントを探すため、普段は流してしまうような淡い感覚も、なるべく言葉にするようにしている。そこで私は初めて、自分が郁人の演技に恐怖を抱いていることに気づいた。早見さんは口をつぐみ、慎重な声色で切り出した。

「でも、文芸の世界では怖いって褒め言葉ですよね？」

「そうですよねえ」

もしかして私は心のどこかで、表現者としての郁人をあなどっていたのだろうか。そのあなどりが覆されて、喜ぶよりも先に身構えている？　だとしたら、ひどい話だ。反省した方がいい。

でも、私の反省ぐらいで本当に収まりのつく現象なんだろうか。最近では、郁人と白木蓮の花の印象が重なり過ぎているせいか、彼が去ったあとの寝室でもうっすらと花の香りを感じる。私の脳がいかれている。私の脳だけでなく、大勢のお客さんの脳をいかれさせている。あれは、なんだ？

ううん、と早見さんはうなり、天井を見上げて考え込んだ。十秒ほどで、ゆるりとこちらに目を戻す。

「あくまで僕の感覚ですが……蘭堂さんの木蓮を観ていて、あの……ほら、あるじゃないですか。すごくよくできた小説の……ああ、この一行はなにか降りてきている。光っている。多くの人に知られて残っていく。もちろん自分の内部にも爪痕を残す一行だって、即座に分かって身震いする、あの感じを思い出していました。とても特別なものに立ち会っている、という喜びです」

「なにか、降りてきている」

早見さんの言葉を復唱する。噛みしめると、それは確かにしっくりとくる感覚だった。

「じゃあ、同じ表現者として、私はそれを祝うべきですね。怖がっている場合じゃない」

幾度か頷き、とまどいを野菜のピザと一緒に飲み下す。

テーブルの端に置かれた早見さんのモバイルのディスプレイが光った。メッセージが届いたのだろう。軽く目線を送った早見さんは、いつも打ち合わせ中は操作しないのに「えっ」と声を上げてモバイルに手を伸ばした。

「すみません、ちょっと」

「緊急の案件ですか？　どうぞどうぞ」

端末を操作した早見さんの顔が曇っていく。最後にうわあ、と鈍い悲鳴を上げてテーブルに突っ伏した。

「なにかあったんですか？」

「……実はいま、ある作曲家とその奥様の、夫婦生活四十周年を記念した対談本を作ってるんですが……なんとその作曲家が十七歳年下のアロマセラピストの女性と不倫している、という記事が、来週発売の週刊誌に載るらしくて……」

万年社とつき合いのある作曲家で、その配偶者も対談相手として呼ばれるような名の通った人物……となると、すぐに一つの名前が思い浮かんだ。

「あの、もしかしてそれ、日与士幻馬さんでは」

「ううん、まあ、もう出る話ですしね。そうです、日与士さんです」

心臓がこつん、と鋭く弾んだ。日与士幻馬。この十年間、郁人が口にしなかったせいもあり、ほとんど私たち夫婦の会話から消えていた名前だ。

「それは……ご愁傷さまです」

「もう、本当に。戻ったら緊急会議です」

「そうか早見さん、日与士さんのご担当だったんですね。……あの、一つ聞いてみたいことがあるんですが」

「はい、なんでしょう」

「日与士さん……って、どんな人ですか？　ほら、奥野さんなんてものすごくお綺麗じゃないですか。俳優としても素晴らしいキャリアを歩まれている。才能があって、人柄もしっかりした方だって、テレビ越しでもわかります。そんな素晴らしい配偶者がいて、なぜ不倫をするのかよく分からなくて」

「人は、なぜ、不倫を、するのか」

早見さんは一語一語を噛み砕くように復唱し、苦笑いをした。

「いやあ、哲学的な問いですねえ」

「いやだって、いい大人が不倫なんて。そんなにつき合いたいなら、きっちり離婚してから堂々とやればいいのに。周囲に迷惑をまき散らすだけじゃないですか」

「陸さんって柔軟なのに、時々すごく一本気ですよね。人間に強固な一貫性や明解さを求めるというか。陸さん自身が内部に矛盾を溜めこまない方なんでしょうし、そこが作品の爽快感に繋がって、読者に喜ばれるんだと思います」

「いま遠回しに馬鹿って言いましたよね？」

「滅相もないです。しいて言葉を当てはめるなら、残酷さの一種かなって思います」

「残酷さ」

「作家さんにとって武器になる資質だと思います。僕は残酷さを持つ方の作品、切れ味が鋭くてとても好きです。それで、うーん、日与士さんですか……」

さすが文芸編集を十年以上やっているだけあって、言葉で人を煙に巻くのがうまい。私は煮え切らない心地で続く言葉を待った。

「一般的に人がなぜ不倫をするのかはわかりませんが、日与士さんはシンプルに、美しい存在に目がないんだと思います」

「美人だとすぐに手を出してしまうとか、そういうことですか」

「ちょっとたちが悪くて、あの人の場合はキャリアとも絡んでるんですよね。美しい人やものと出会い、インスピレーションを受けて作品が生まれる。代表曲『百合の花からしたたり落ちる』も、奥野百合さんがモチーフですし。……ああ、本のタイトル、『百合をいだいてまた落ちる』だったんですよ。絶対売れたのになあ」

悲しげに肩を落とし、早見さんはモバイルをタップしてなんらかのファイルを開くと、画面をスクロールして確認しながら続けた。

「たしかゲラにも……ああ、そうだ。『私は私を圧倒し、恐怖させるものを常に求めている。北海道の雪原は、私が百合へと抱く畏怖と同種のものを掻き立てた』。このインタビューから少し経って、ドラマ主題歌の『eternal snow』が発表されました。美しいものがなぜ美しいのか分解して、曲としてアウトプットしている、みたいなことも言ってたな」

「……じゃあ、そのアロマセラピストの方がとても美しかったってことですかね？」

「たしかこの人の話、聞いたことあるんですよね……。年をとってから眠りが浅くなって、日与士さんが個人で仕事を頼んでいた人だと思います。アロマとハンドマッサージを組み合わせた施術をする方で、素晴らしく腕がよく、まるで妖精の世界に迷い込むような心地で眠れるんだとか。だから容姿が美しいというより、彼女の提供する世界が美しかったのかもしれません。仕事の相談に乗っていると聞いて、僕はてっきり娘さんに対するような気持ちで接していると思っていたんですが……いやあ」

「ぜんぜん分からないな……美しいものからインスピレーションを受けるのは分かるけど、そこから恋愛関係に発展する必要、あります？　雪原とはセックスしないのに」

「畏怖って、恋や性欲に結びつきませんか。誤作動みたいなもので」

「誤作動……」

——本当は生まれてないんじゃないかって。

淡々と口にした郁人の声が耳によみがえる。誤作動であんな思いをさせられたら、たまったものじゃない。

「ただ、誤作動でもなんでも、日与士さんはなにか降ろしますからね。化け物ですよ。『百合の花からしたたり落ちる』、今回の対談本の編集作業中になんども繰り返し聴いてましたが、やっぱり美しかったです」

「降りてくるものって、なんなんでしょうね」

「うーん。人間の倫理や道徳、社会規範を、たいして気に留めていないのは確かでしょうね」

涼しげな口調で言って、早見さんはワインを飲み干した。

家に戻ると、郁人はすでに眠っていた。編集者と会ったので打ち合わせをして帰る、という連絡は先に入れておいた。眠っていてくれてよかった、と思う。千秋楽へ向けて高度に集中している彼に、今日の話を聞かせたいとは思わなかった。公演が終わり、なにもかも落ち着いた頃に、私たちにはまったく関わりのないゴシップ話として伝えよう。

公演最終日の昼すぎ、私は劇場へ向かう郁人を玄関で見送った。

「いってらっしゃい。がんばって。あとから私も行くからね」

「いってきます」

お互いに腕を伸ばしてハグをする。シャワーを浴びたばかりなのに、香水を吹いている様子もなかったのに、郁人の体から芳しい香りがする。——いい、それでいい。神か魔物か知らないが、存分にその身に降ろせばいい。あなたはずっとそれを望んでいたのだから。腰がしなるほど強く彼の体を抱き、手放した。

日が暮れて、客が押し寄せ、薄暗い空間に花が咲いた。そこにある肉体に、ガラスの器に、得体のしれない祝福が流れ込む。満ちた。満ちてしまった。どうして人の目は満月を見分けられるのだろう。

満ち満ちて、素晴らしいものが生まれる。

カーテンコールに、郁人は姿を現さなかった。寒気を感じながら控室を訪ねると、天の国の主を演じた座長の原《はら》さんが、困惑顔でガラスの鉢を指差した。

「蘭堂くん、いつのまにかいなくなっちゃったんだよ。あんな、冗談みたいなものを残してさ」

ガラスの鉢の内部には、大輪の花を咲かせた白木蓮の枝があった。

人の肉体で作られたものではない、本物の植物の枝だ。劇の内容通り、片端に切れ味の鋭い鉈を打ちつけたような切断面がある。黒い枝に触れる。もちろん硬い。控室はむせ返るような香りでいっぱいだ。

真っ白い花の一つに小さく三つ、ぽつぽつと並んだ星のようなシミがあった。私は原さんに断って、木蓮の枝とガラスの鉢を自宅に持ち帰った。


夫が花になってしまった。

そう感じる私は、正気を失っているのだろうか。

かつて郁人がガラスの鉢を置いていた、窓のそばの日当たりのいいスペースに彼を運んだ。移動の間に少し花がしおれてしまったため、ガラスの鉢をよく洗って鮮度保持剤を入れたきれいな水を張り、枝の切断面には水を吸い上げやすいよういくつかの切れ込みを入れた。

リビングが慣れ親しんだ香りで染まっていく。しばらく経つと、花弁は再び張りと光沢を取り戻した。私は安心してお風呂に入り、食事をとり、リビングと寝室の間の扉を開け放って花の香りを感じながら寝た。夫が隣で寝ていた頃と、まるで変わらずよく眠れた。

白木蓮がいる生活は、それまで夫と紡いできた暮らしとあまり変わらなかった。白木蓮はいつも穏やかで美しく、生活の悩みもよく聞いてくれた。むしろ郁人は白木蓮になった後の方が、役者として活躍できずに苦しんだり、店の経営に悩んだりしていた人間の頃よりも安らいで幸せそうに見えた。

朝起きてすぐにおはよう、と呼びかけ、シャンパングラスさながら上を向いて内部に光を溜めた白い花に唇を当てる。生の花の感触は、人の肌と似ている。白木蓮の花は盛りが短く、翌々日にはフローリングにはらはらと花弁を落とした。しかしすぐに銀色の柔らかな毛にくるまれた芽が伸長し、次の花を咲かせる。

季節も時間も意に介さないこれが、尋常の植物でないことは明らかだった。別のなにかが演じるまがいものに過ぎない。でも存在の本質が郁人である限り、私はそれを受け入れることができた。

白木蓮はかつて郁人がとっていた姿勢と同じ、鉢の底のカーブに一番太い枝をあずけ、そこから五つの枝を伸ばす格好であちらこちらに花を咲かせている。ガラスの鉢に手を置いて上半身をうつむけると、ちょうど白木蓮に抱かれているような位置関係になる。私はいくつもの花に口づけし、バニラアイスみたいになめらかな花びらを舐めた。ひとひら千切って食べてみる。青くさくて少し苦いが、香りが鼻に抜けて気持ちがいい。郁人がこのていどの悪戯で私に腹を立てることはない。

太ももの内側に柔らかいものが触れた。花を食べるのに夢中で前のめりになったせいで、ガラスの鉢からあふれ出た芽がそこに当たっていた。銀色の和毛《にこげ》が湿った皮膚を撫でる。

私は唾を飲みこみ、寝間着にしている綿のルームワンピースを脱いだ。ショーツもおろして、一番触ってほしい場所を押し当てる。郁人も、私を食べられたらいいのに。濡れそぼった芽を見てそう思った。

休み明けに郁人の職場のコーヒーショップから、「出勤日になってもこない」と連絡が入った。白木蓮になってしまった、なんて言っても正気を疑われるだけだろう。芝居が終わったら姿を消してしまった、戻ってきたら連絡する、と劇団の人たちの認識と食い違わない範囲で状況を説明する。何度か会社の中核メンバーである郁人の同窓生からも電話が入った。郁人が仕事と演劇を両立させるため忙しく日々を過ごしていたことは知られていたらしく、燃え尽き症候群じゃないかと心配された。郁人から連絡がきたら伝えると約束し、電話を切った。

数日後、郁人の勤め先の店舗から、私物が入った段ボール箱が送られてきた。筆記用具、替えのシャツとエプロン、仕事用のモバイル端末。

ポータブル音楽プレイヤーが出てきたのには驚いた。電源を入れ、中のデータを確認する。月ごとに「午前のＢＧＭ」「午後のＢＧＭ」のプレイリストが作成されていた。季節の移ろいに合わせて店内のＢＧＭを変えていたのだろう。直近のプレイリストを一つタップする。日与士幻馬のピアノ曲がずらりと表示された。私はプレイヤーの電源を切り、適当な引き出しに放り込んだ。

朝起きて、食事をとり、仕事をして、風呂に入り、花と交わり、眠る。時々掃除もする。買い物に出かけ、打ち合わせもする。白木蓮は上機嫌で咲いては枯れてを繰り返している。そばで生きて、私と喜びを分かち合っている。

八月に入り、見上げると目の表面に痛みを感じるほど、空が眩しくなった。私は久しぶりに出た短編集の宣伝のために部屋を片付け、ほどよく日が当たったテーブルの上に本を置いて写真を撮った。すべての話で殺人が起き、一話の殺人犯が二話で殺され、二話の殺人犯が三話で殺され、その構造が続いていく。最終話では七人目の殺人犯が、第一話で殺されたはずの人物に殺される。ウロボロスの蛇のように、構造で死をループさせた本だ。本の内容を紹介する文章と撮ったばかりの写真をＳＮＳに投稿する。

過去に幾度か賞をとったときにはずいぶん本が売れ、比例するように周囲も慌ただしくなったが、最近は新刊を出してもそれほど話題にならない。それでもありがたい固定ファンの読者が、ぽつぽつと告知を拡散してくれる。お茶を飲みつつ、増加していく数字を見守る。

読者の一人が、新刊の告知投稿にこんなコメントを寄せてきた。

【陸先生こんにちは。新刊の情報うれしいです。ところで、奥に写っているお花はなんていうお花ですか？　白銀色で、とってもきれいですね】

あまりに彼の存在が日常に溶け込んでいたため、見落としていた。テーブルに立てた新刊の背後には、白木蓮の一枝が写り込んでいた。

どうしよう、と返信に困った。白木蓮です、と打つのは簡単だが、今はすでに開花の季節ではない。不審に思われるだろう。

【ある人が白木蓮をモチーフに制作した作品なんです。きれいと言って頂けてうれしいです】

考え考えコメントを打ち込む。これなら問題はないだろう。久しぶりに郁人が褒められて、胸にふわりと喜びが広がる。私は他に余計なものが写り込まないよう気をつけながら、ガラス鉢のそばにしゃがんで彼の写真を撮った。私の家族です、とタイトルをそえてこの写真もＳＮＳに投稿する。

しばらくの間、机に向かって作業をしていた。空腹を感じ、そろそろ夕飯を用意しよう、と陰り始めた窓の外を眺め、そこで唐突に投稿を思い出し、ＳＮＳを確認する。

新刊の告知の閲覧数にゼロを三つ付け足す勢いで、白木蓮の写真が閲覧されていた。

【こんなにきれいな花見たことない！】

【神秘的】

【アーティスト名が知りたい】

【枝ぶりが人体みたいでなまめかしい……】

【花弁が光ってみえる】

【いまにもしゃべり出しそうな花】

ああ、すっかり忘れていた。この花は、郁人は、名前のつかない祝福を受けたのだった。それにしても、かつては花さながらの人として注目されていたのに、今度は人さながらの花として驚かれている。

膨大な量のコメントに圧倒されて画面をスクロールしていると、唐突にモバイルの画面が切り替わり、着信を伝えるメロディが鳴った。『万年社　早見さん』と表示されている。私は通話アイコンをタップした。

「はい、陸です」

「お世話になっております、万年社の早見です。お忙しいところ、いきなりお電話をして申し訳ございません。実は先ほど、新星《しんせい》東京店のイベントフロアの担当者の方から弊社に連絡がありまして」

「え、新星？　新星って百貨店の、ですか？」

普段まったく縁のない社名に驚いていると、早見さんはさらに驚くべきことを告げた。なんでも再来月新星で催される花をモチーフにした造形作品の展示会に、ぜひ私の家の白木蓮を制作したアーティストの作品を迎えたいとのことで、イベントフロアの担当者が私とコンタクトをとりたがっているらしい。

「いかがいたしましょう。お引き受けするにせよ、お断りするにせよ、必要でしたら窓口を務めますが」

「ありがとうございます。少し検討して、のちほどお返事してもいいですか？」

「もちろんです。では、先方にはお待ちくださいと伝えておきます」

配慮の行き届いた口調で答え、早見さんは急に沈黙した。

なにか言いそう、と思う間もなく、すう、と息を吸う音が電話越しに伝わる。

「陸さん、失礼ですが、あの白木蓮は……」

早見さんはそれ以上続けなかった。迷うように再び沈黙し、少し笑う。

「いや、すみません。なんでもありません。変なことを考えました」

「知人が」

「はい？」

「プロとして活動しているわけではないので名前を出すことはできませんが、知人が、あの劇に感銘を受けて製作してくれたんです」

「そういうことでしたか！　本当に素晴らしい作品ですね。蘭堂さんの白木蓮の特徴をよくとらえていて、当時の感動がよみがえりました」

「ありがとうございます。伝えておきます」

通話を終えて、モバイルを膝に置く。窓辺の白木蓮に目を向けた。冷房の風を受けて、ブルーグレーのバーチカルブラインドがわずかに揺れている。この家はこんなに静かなのに、外では大変な騒ぎだ。

「あなたがとってもきれいだって。……どうしたい？」

呼びかけに、もちろん答えはない。ただ、私はようやく思い出していた。存在だけで十分にうれしくて忘れていた。私の夫は、表現者だ。なら、多くの人に見てもらうべきだろう。


新星東京店十一階のイベントフロアは、整理券が発行されるほどの混雑ぶりだった。パーテーションで仕切られた会場の入り口に順番待ちの長い列ができている。私は会場の端に設けられた関係者入り口に立つ係員にパスを見せて入場した。

絵画やオブジェ、造花やアクセサリーなど、花を象った様々な作品が展示されている。全体にほのかに香気が漂っているのは、展示の最後に設けられたショップコーナーで花の精油が販売されているからだ。ミストディフューザーがサンプルのローズの香りを吹き出している。

薔薇や百合、ひまわりなど、メジャーな花をモチーフにした作品が多いなかで、会場の中ほどに展示された郁人の白木蓮は異彩を放っていた。触られないようガラスケースに覆われた彼は、作り物が集められた会場にもかかわらず、生きている花にしか見えない。生きているものは、目に映った存在の命の有無を敏感に察知する。

「本物の花じゃないの？」

「違うでしょう。白木蓮なら春だもの」

「リアルすぎてこわい」

「きれい」

「家に飾りたいな、これ」

「偽物だな。満開の花と冬芽が同じ枝につくもんか」

郁人が楽しんでいるかどうかは、人々の頭越しでは分からなかった。とりあえず、垣間見える花弁の張りから察するに、苦しんでいるようには見えない。

来場者の流れの中に、見覚えのある男性がいた。今日はなんだか格式張って、スーツを着ている。近づいて、肩を叩いた。

「早見さん」

「わ、陸さん！　どうも。いらしてたんですね」

「はい。その節はお世話になりました」

白木蓮の制作者に関する問い合わせを受けたとき、私は早見さんを通じて新星の担当者とやりとりを行い、造形作家は匿名を希望しているけれど、白木蓮を展示会に貸し出すことはできると告げた。その後の手続きも、すべて早見さんの力を借りることとなった。

「今日はどうしていらしたんですか？　万年社さんがこちらでなにか展示を？」

「いえ、そうではなく、お世話になっている方のアテンドで」

「あ、そうだったんですね！　お仕事中に呼び止めてしまってごめんなさい。また改めて」

「とんでもない、陸さんとお話しできてうれしかったです。では、また改めてご連絡差し上げます」

なんども浅く頭を下げ、早見さんは人の流れに戻っていく。白木蓮のケースの前に立ちどまっていた、背の高い男性に付き添った。彼が世話になっている仕事の関係者だろう。上品なボルサリーノを被り、色の薄いサングラスをかけている。恐らくかなりの大御所作家だ。私と一緒にいるときよりずっと、早見さんの背中が緊張している。

夏に出した自分の短編集の部数を思い出してため息がでる。私も帰って仕事しよう。いい加減書き下ろしを進めないと、万年社に愛想をつかされてしまう。

関係者入り口に向かえば逆流することになるので、周囲の展示を眺めつつ、人の流れに乗って出口へ向かった。花の精油を販売するショップコーナーに入る。お風呂に垂らせそうな商品を物色していると、先ほど早見さんが付き添っていた男性がそばを通った。精油のボトルを手に接客していた店員に近づき、客対応が終わるのを待って二言三言話しかけている。知り合いなのか、軽く肩を叩いて去っていった。

展示会は盛況のうちに終わった。もしかしたら疲れがたまって郁人がしおれてしまうのではないかとも心配していたが、彼は終始元気そうに花弁を光らせていた。きっと、たくさん褒められてうれしかったのだろう。断面を切り戻して彼をいたわり、帰宅してからしばらくは二人でゆっくり休みをとった。

外の寒さが増すにつれ、私は郁人が凍えてしまわないよう室温と湿度に気をつけるようになった。郁人は咲いていたいのだから、春先ぐらいの環境を保ち続けるのが理想だろう。クリスマスも年末年始も一緒にいた。二人きり、暖房のきいた部屋で過ごしながら、私たちは幸せだった。

固く窄まった先から順に少しずつ、恥じらいながらほどけていく。透き通る花弁が顔を覗かせ、光を吸ってふくらんでいく。鈴なりの花が天を仰いで、いまにも歌い出しそうだ。輝く花々の苗床となった彼女は体を丸めて眠っている。悲しく秘められた恋の花。少年のぼくは触れることもできずに、いつまでもそれを眺めている。

——そんな多少古典的な、しかし美しく妖しいイメージを誘う曲だった。歌声は、最近歌唱力が高いと注目を集めている三十代の女性俳優のものだ。花びらを想起させる白くなめらかな布地が伴奏のピアノの旋律に合わせて繰り返し画面上で翻り、やがてカメラは長い黒髪をかき上げる女性俳優の横顔をクローズアップする。彼女は白いガウンを着て、コーヒーカップを片手にホテルの高層階らしき大きな窓から朝焼けの街を眺めている。誰かの呼びかけに振り返る。弾けるような笑顔。その薬指にはきらりと一粒、真珠の指輪が光っている。

モバイルのニュースサイトに偶然表示された、五日後に迫るホワイトデーを意識したジュエリーメーカーの広告動画だ。初めて見たその動画の右端には、『♪日与士幻馬／Magnolia』というテロップが表示されていた。

マグノリア。直感があった。その曲で描かれていた生々しく妖しいイメージは、出力の方法こそ違えど、私が日々愛でている花と同じ気配を発していた。

心当たりは一つしかない。私は早見さんと交わしていた業務連絡のメールに、『そういえば以前、花の展示会で日与士さんをアテンドされていたときはスーツを召されてましたね。とても決まっていてカッコよかったです！　私もスーツを着ていくので、次のお打ち合わせは気分を変えて、少し硬い雰囲気の店にしませんか』と書き足した。すぐに返事が届く。

『あのときはろくにご挨拶もできず失礼しました。あえてスーツで打ち合わせ、いいですね！　じゃあお店を探して、またご連絡します』

まるで否定されなかった。

日与士幻馬が郁人を見た。見ただけでなく、美しいものと認めて曲を書いた。

彼らは会った。

私の夫の壮大な夢は、叶ったことになる。


『Magnolia』の音楽データを購入して帰宅した。リビングで咲く郁人のそばに座り、白い花冠を覗く。今日もいつもと変わらない彼だ。日与士が描いた古くさい植物人間のイメージよりも、ずっとずっとずっと美しく洗練されている。

ああ、いやだ。うんざりする。だけど彼が長らく望んでいたことだ。黙殺するわけにはいかない。私は腹に力を込めて切り出した。

「日与士幻馬が、『Magnolia』っていう曲を書いたよ。たぶん、去年の展示会であなたを観たんだと思う」

それ以上は説明せず、ディスプレイをタップして音楽再生アプリを起動させる。ふわりと花の香りを広げるピアノの旋律と、甘くくぐもった歌声が流れ出す。

変化はすぐに訪れた。一番太い枝からみるみる新しい枝が伸び、銀色の芽をふき出して輝く花を咲かせたと思ったら、あっというまにそれを散らせた。十、二十、と次々に花が湧き出し、光の雨のように花弁を落とす。ガラス鉢の周囲に白い花弁が降り積もった。シルエットを大きく膨らませ、きらきらと輝く花を惜しげもなく降らせる彼は、むせび泣いていた。今までのどの瞬間よりも輝いて、喜びを放出させていた。

降り落ちる花を浴びながら、私は胸が悪くなるほどの苛立ちを感じていた。

こんなもので、あなたは満たされてしまうのか。

『Magnolia』は日与士幻馬の作品の中で、特に優れているわけではない。不誠実な父親がちらりとこちらを見たというだけで、あなたは感激して、すべてを水に流し、喝采を贈ってしまうのか。そもそも特定の誰かに愛されようとする表現者なんて、甘えているとしか思えない。誰にも愛されなくとも、それをやり続けるのが本物じゃないのか。

どうしても我慢ができなかった。私の方が正しい、という確信があった。

「よかったね、会えて。夢だったもんね。そのために頑張ってたんだもんね」

白い花びらをてのひらですくって遊ぶ。あんなに神秘的だったのに、もう幼稚なおもちゃにしか見えない。

「パパが僕を見てくれて、とっても心が満たされたんだね。本当は自分の表現を追求することより、パパに愛されることの方があなたにとって大事だったものね」

花が落ちてこなくなった。私は天井近くまでふくらんだ、白い怪物じみた存在を見上げる。

「パパの養分になれて、うれしい？」

雷が落ちたのだと思った。そのくらいの轟音と衝撃だった。キッチンの壁まで吹き飛ばされて背中を打つ。咳き込み、うずくまって十数秒。痛みで爆ぜた視界がようやく戻ってくる。ガラスの鉢は粉々に砕け、天井まで育った木蓮の木は、縦裂きに真っ二つに割れていた。すべての花は枯れ落ち、茶色いくずとなって床に層を作っている。

一緒に生きているだけで幸せだったのに。

祝福をその身に降ろすほど、諦めずに芸を磨く姿を見ていたのに。

どうして私は、愛する人がたった一回、弱くなって泣くことを許せなかったんだろう。

どうして、表現者のくせに、表現者ならば、と無数の非人間的な糾弾を、憎むように頭に浮かべてしまったんだろう。

夫は、間違いなく私を愛していた。だから二つに裂けたのだ。

「ごめんなさい」

茶色いくずまみれの床に両手をついた。頭を下げる。

「ごめんなさい」

もう口の中には戻せない、取り返しのつかないことを言った。

——俺は、本当は生まれてないいんじゃないかって、変な気分になったんだ。

あなたは、やっと生まれることができた、と喜んでいたのかもしれないのに。

「ごめんなさい」

電流を浴びたように体が震える。輝く花はもう咲かない。

引っ越しをしたのは、白木蓮は温暖な土地の方が育ちやすいと聞いたからだ。貯金をはたいて南方の海の近く、冬でも暖かい風が吹く土地を買った。平屋の家を建て、庭に二つに割れた木蓮を植えた。生きているのか、死んでいるのか、生きていても果たして私に応えてくれるのか、まるでわからない。

いざ都心から離れたら、編集者の多くが打ち合わせのために遠出をして、自宅まで来てくれた。

「いいですねえ、あったかい海。陸さんとの打ち合わせってことにして、サーフィンしに来ようかな」

約束通り、暑そうなスーツ姿で来てくれた早見さんは縁側に腰かけてのどかに笑う。氷をからからと鳴らして麦茶を飲み干し、さて、と真面目な顔をした。

「そろそろ具体的にお話を進めていきたいのですが」

「はい。一応、テーマはできていて――自分の残酷さが抑えられず、一番大切なものを壊してしまう人間の話がいいなと」

「おお、悲劇的ですね」

「せっかくの長編なので残酷さの源と、じゃあそういう人間がどうすれば他人を尊重し、自分の残酷さから守れるようになるのか、考えていきたいなと思います」

「うーん、だいぶ重い読み心地になりそうなので、なにか読みやすさを保つ仕掛けを考えた方がいいかもしれませんね……」

「はい、ええと――」

アイディアを出し合い、ノートに書き留める。四時間に及ぶ打ち合わせの終わりに第一稿の締め切り日を設定し、早見さんは帰っていった。

暮れていく空が赤紫色に染まっている。庭に二つ並んだ木は影が被さって、まるで真っ黒い亀裂のようだ。私はサンダルを履いて木に近づいた。それぞれの木の、痛ましい断面をそっと撫でる。

誰にも愛されなくとも、それをやり続けるのが本物じゃないのか。

発した呪いは、自分に返ってくる。私は愛を失い、それでもやり続けるしかない。

「いつか、満ち満ちて、素晴らしいものが生まれたら」

そうしたら、少しでいいからこちらを見て。木肌にひたいを押し当てて願う。

――ああ、都合のいい幻だ。私はこれからずっと、この幻に乱されて、矛盾しながら生きるんだ。

爽やかで高貴な花の香りがほんのわずか、鼻先をよぎって流れ去った。

花に眩む

1

冷蔵庫が欲しい、とおでんの屋台で隣り合った彼女は言った。冷蔵庫が欲しい、それさえあれば大きな魚を買って、焼き魚から甘露煮まで何日もかけてていねいに食べきることが出来る。

「頭からしっぽまで？」

「頭からしっぽまで」

神妙な顔をして彼女はうなずき、泡の消えたビールをぐっとあおった。こがね色の汁をたっぷりと吸ったはんぺんを嚙み切り、濡れた唇をぺろりと舐める。

私は、テレビが欲しい。つぶやくと、彼女は目を丸くした。

「どうして？」

「それがあれば、夜中に起きてもさみしくない」

「私、テレビあるよ。ちいさくて赤いテレビ」

「私も、冷蔵庫あるよ。そこそこ大きくて、白い冷蔵庫」

次の日彼女、青山《あおやま》しまは、私のアパートに転がり込んできた。大きな魚をていねいに時間をかけて味わうため、赤くちいさなテレビを抱いて。

しまの肌にはツリガネニンジンの花が咲く。ふっくらとひらき、つつましく頭《こうべ》を垂れる白い花だ。しまは家族みんなに咲くのだというこの花をたいそうきらっていた。陰気で、鮮やかさのない、つまらない花だと言ってはぷつぷつと毛穴からふきでた芽を引き抜いた。

「あんまり抜くと肌が傷んでよくないんじゃなかった？」

「もうこの薬を塗ればだいじょうぶらしいよ」

「ふうん」

「背中、抜いて」

そう言ってしまは骨の浮き出た背中を私へむけた。湯上がりの肌はしっとりと湿り、いかにも柔らかそうな桜色をしている。私はそっと指を伸ばして彼女の背のところどころに顔を出したツリガネニンジンの芽をつまんだ。

「抜くよ」

「はいな」

爪の先ほどの芽をとらえ、指先で引っぱる。軽く肌の表面が引きつれ、赤く腫れた毛穴のふちが広がる。ぷつん、と心地よい感触と共に丸い双葉は根本からちぎれた。私は片方のてのひらに摘んだ葉を溜めながら、あたたかく濡れた芽を抜きとり続けた。最後に、ひらいた毛穴を収縮させるのだというクリーム状の薬を細い背中へ塗りつけていく。

手入れを終えたしまの背中は、まるでまだ芽を生やしたことのない赤ん坊の肌のようにつるりとしていた。

「すごいね、きれい」

「ふふふふ、すごいでしょう。医学は進歩しているのですよ。はなさんも抜いてあげようか」

「私はいいや。ここまでつるつるだとなんだか思いきりがつかない」

「都会の子はみんな抜いてるんだよ。いつまでもきれいな肌でいられるから」

「きれいな肌ねえ」

私の肌には、センニチコウの花が咲く。父も母も兄弟も、係累《けいるい》はみんなそうだ。産まれた地方の気候や環境によって、肌に咲きやすい花は変わってくる。遺伝子と一緒に受け継がれる植物は人の肉に根を張り、その個体の免疫を上げて風土に強くする。共生し、年月とともに根を深め、やがて心臓にまで浸食を果たすととりついた個体を殺す。とはいえ、そんなに物騒なことではない。植物の浸食が深まること、それが私たちの老化だった。最後はみな花と草の固まりになり、ぐずぐずと崩れて土に還る。母も、父も、その前の世代もそうだった。なんの変哲もない、ただの死だ。

すこしずつ近付いてくる死から目を逸らすよう、肌の植物を切ったり抜いたりといった流行はいつの時代でもあった。ただ、肌の表面をいくら整えても、肉にもぐり込んだ根が進行を止めることはない。

私はあまり肌の手入れをしていないので、たいてい体のどこかしらで赤いぼんぼんのような花が開花している。しまは私の脇腹の花をつつき、唇をとがらせた。

「いいな、私もこんな花だったらちょっとは咲かせる気になるのに」

「ツリガネニンジン、私好きだけどなあ。情緒があって」

「やだ、あんな暗い花」

「なんならいいの」

「なにも咲かせたくない。年とりたくないもん。それに、あんまり生やすとごわごわして、細めの服が着れなくなっちゃう」

しまは芽を抜き終わると肌へオレンジオイルをすりこみ始めた。爽やかな香りがふわりと立ちのぼる。しまはいつでも清潔で、甘い香りがして、爪の先までつやつやと自分を整えている。そして暖を求める猫のように、私のベッドにもぐりこんで眠った。私はしまと寝るのが好きだ。やわらかい腰を抱き締めると、しまはふふふ、とくすぐったそうに穏やかなトーンで笑う。その声はまるで上等の毛布のような安心をくれた。

「しまはえらいね。いつもきれいで」

パジャマに着替えてベッドに入り、しまの腰に腕を回しながらつぶやくと、しまは眠たげなまばたきをして首を振った。

「はなさんは、しっかりしてる」

「そうかな」

「そう。私は、ふらふらしてるから、せめてきれいにするの」

おやすみなさい、としまは目を閉じた。すぐに健やかな寝息を立て始める。私はしまのふわふわの髪を撫でて、寝息に甘えるようにして眠った。しまが来てから、テレビを使う必要もなく、私の深夜に目覚める癖はおさまっていた。

二日に一度、私の勤めるパン屋では生クリームを練り込んだ豪勢なバゲットを焼く。大抵は昼すぎには売り切れてしまうけれど、店員は焼きたてを事務所にとっておいて、あとで半値で買うことも出来る。

大量のバゲットを焼いて帰ったある日、しまは、良い匂いがする良い匂いがする、とどこまでも猫のようにまとわりついてきた。

「そうか、これだったんだ」

「なにが」

「はなさん、初めて会ったときに、良い匂いがするなあって」

「匂い、する？」

「する。おいしそう。お腹が空く匂い」

おいしそうおいしそう、と今度はあんまり繰り返すので、その次のバゲットの日には一本買って帰ってあげた。しまはぱっと頰を赤くしてよろこび、一緒に食べよう、と冷蔵庫から三枚におろしたスズキの切り身を取り出して、両面を丹念にバターで焼き始めた。

大きな魚を頭からしっぽまでていねいに食べきりたい。しまの望みは順調に叶えられていた。さんま、あじ、かさご、えび、たら、さば、いか、むつ。しまは気が向くまま、いろいろな海産物を買ってきては料理をしていた。バターで焼いて、酒で蒸して、サラダ油であげて。シンプルな調理法を選ぶおかげで失敗もなく、味も悪くない。たまにうろこが残っているけれど、食べられないほどじゃない。私はしまと一緒に飲むために、安くて甘いワインを買って帰るのが習慣になっていた。しまの作った魚料理に、私の持ち帰ったパン、簡単なサラダと、缶詰のスープを添える。手作りで、実は手抜きの、けれどやすらかな深夜の食卓は、いつも一人で出来合いのものを食べて枯れ崩れるように眠っていた日々には考えられないものだった。

「なんで、魚だったの？」

「はじめてこの町に来た時、市場に行って。水揚げされたばかりのつやつやした魚がたくさん並んでるのを見て、いいなあって」

「それだけ？」

「うん、それだけ。触ったことなかったから触りたかった」

しまはちぎったバゲットに皿に残ったオイルを吸い取らせながら目を上げた。

「あと、たくさん食べるなら、一人じゃさみしいから。一緒に食べてくれる人が欲しかった」

こんな風に、しまはするりと私の家に居ついた。

最近連絡くれないね、と高臣《たかおみ》さんから留守番電話が入っていた。私はすでに指になじんでいる番号を押して、高臣さんの携帯電話を呼び出した。

「猫を、飼いまして」

「猫？」

「はい」

「かわいいかい」

「すごくかわいいです」

「それはいいな」

高臣さんの声は低く、甘い。そして今日は、やけにぼんやりとにじんでいた。窓の外では雨が降っている。高臣さんも雨の中にいるのだろう。

「猫に夢中で、俺のこと忘れてただろう」

声は、笑っている。無理もない。この人におやすみを言って貰わなければ眠れなかったのに、もう私はしまが来てから一週間も、高臣さんに電話をかけていなかった。高臣さんを、思いだした。高臣さんの珈琲と煙草の混ざった肌の匂いや、とがった背中の骨や、しかくい指に口の中をかきまぜられたときの感覚を思い出した。途端に、ど、と堰を切るように体の内側があたたかく濡れた。

「会いたいです」

「猫が遊んでくれないから？」

「高臣さんに、会いたいです」

「うん、ありがとう」

高臣さんは、また笑う。待ち合わせの店を決めて、電話を切った。しばらくのあいだ、耳の奥に、甘い声が溶けきらないまま残っていた。

雨に包まれ、家の中は静まりかえっている。リビングを覗く。芽が伸びるから外には行かない、と朝からしまはブランケットにくるまって除湿器をフル稼働させていた。カーペットへ寝転がり、小さなテレビにひたりと寄り添っている。

しまのテレビは目が覚めるような鮮やかな赤色をしている。角が丸く、つるりとしていて、電源スイッチの他にはチャンネルを変えるダイアルがついているだけのシンプルな作りだ。

あんまりにしまがテレビを抱きすぎるせいかもしれない。私には時々このテレビが、もう一片たりとも削る余分のない、彼女の身体の形に添うよう磨かれたこの世でたった一つの奇妙なオブジェに見えることがあった。そういうものに守られて眠るのは、さぞかしやすらかだろうと思う。

しまは週に三日、居酒屋のバイトに出る他は、ほとんど外に用事を持たない。眠りがちな人で、気がつけばテレビにひっついて丸まっている。荷物も、テレビ以外はスーツケースに数枚の下着と替えのジーンズ、シャツと化粧水と肌のクリームとオレンジオイルを詰めていただけだった。私はしまのために大きなウールのブランケットを買ってあげた。部屋のどこに丸まっていても、これさえあれば寒くない。しまはあっという間に部屋へなじんだ。もしかしたら彼女は、私のところへ来る前にも、誰かの家に居ついていたのかも知れない。人から人へと渡っていくのら猫のように。さみしい人のベッドをあたためる、湯たんぽのような愛し方をされて。

「しまぁー」

呼びかけると、人型にふくらんだブランケットがふくりと動いた。明るい色の髪がテレビのかげからのぞき、続いて、眠たげな目がこちらをむく。

「遊びにいってくるね」

しまは瞼をこすってまばたきをくりかえす。やがて、ブランケットの中から片腕を差し出した。そばによるとぎゅ、と腰を抱き締められる。眠っていたせいだろう、温度の高いほてった腕だ。

「行っちゃだめ」

しまは目を閉じたまま、ぐいぐいとおでこを私の腹へ押しつけてくる。私はすこし切なくなった。しまといると、まっすぐに求められる。おなかがすいた、わたしとあそんで、いっしょにねむって、そばにいて。しまに求められると、なにもかもを叶えてあげたくなる。甘やかして、惜しみなくそそいで、笑う顔が見たくなる。私で満たされる生き物がいるなんて考えたこともなかった。手足を絡め、体のオウトツをひたりと重ねてしまと眠るのは、身体中の細胞をあたためた蜜で満たされるような陶酔があった。

けれど私はそのたびに底なしの砂に足を飲み込まれていくのに似た、わずかな息苦しさを感じた。これは永遠のものじゃない、こんなものが、ずっと続くわけがない、と思う。だから、しまの体温になじみきってはいけない、とうっすらとでも思い始めることは、心地よくあたたかい時間が終わる瞬間に備えることでもあった。

私のお腹に顔を埋めたしまの頭を、ゆっくりと撫でてあやした。

「だめ、最近、こもりがちだったから」

「えー」

「おみやげにおいしいもの買ってくるよ」

しぶしぶとばかりに絡んだ腕が離れ、ブランケットの中へしまわれていく。私はすこしほっとした。ブランケット越しに丸い頭を撫でる。次いで、無意識に赤いテレビを撫でた。この子をよろしく、と言いきかせて家を出る。町が、清らかな小雨に濡れている。

2

揚げ物のおいしい店だ。季節の野菜や魚を軽くかからりと揚げてくれる。こがね色のてんぷらに抹茶塩や梅塩をふりかけて、かじる。はじめに連れてきてくれたのも、高臣さんだった。私の方が、先に着いた。半地下の、照明のしぼられた店の奥へと通される。目がきかなくなるようなほの暗く、ほの明るい店内のあちらこちらで、二人三人と人が睦み合い、ちいさな笑い声を立てている。私は品書きを手にとり、しばらく眺めたあとに伏せた。かわりに、両手の甲を目の前に並べ、ひらりひらりとひっくり返す。てのひらのくぼみに近くの照明の光がたまり、すぐに流れ落ちる。

右手首の外側につきでた骨の近くに、ちいさな固い芽を見つけた。放っておくことが出来なくて、ぷち、と歯でついばむ。続いて、人差し指と中指のあいだのやわらかい指の股。これも軽く引っ張って、抜く。ぶつりとちぎれる音がして、皮膚の下に湯のような痛みが広がった。すべやかな葉が舌へ残る。

癖のようなものだ。ついついばんでしまう。他の場所には気を配らないけれど、私の手首から指先のあいだにはほとんど芽がない。摘んだ芽をまとめて嚙みつぶして飲み込む。自分の血肉を養分にした芽は、私には味が良く分からない。塩辛いような、甘酸っぱいような、印象に残らない味をしている。

「また、そういうことをして」

呆れた声に顔を上げれば、高臣さんがいた。忙しくすごしているのだろうか、頬が青白い。高臣さんは席につきながら、固く結んだネクタイをゆるめた。

「子供みたいだからやめなさい」

「どうせ子供ですよ」

「じゃあお酒飲むんじゃありません」

「飲みますー。飲んじゃいます」

高臣さんは焼酎、私は梅酒のお湯割りを頼んだ。野菜ときすのてんぷらが運ばれてくる。きれいに箸を扱う高臣さんの両手はきちんと芽が切り取られ、清潔に整えられている。高臣さんは高級な革鞄のセールスマンをやっている。この両手に、普段は更に白い手袋をはめて、トナカイの鞄やカンガルーの鞄を売り歩いている。

私は知っている。高臣さんが芽を整えているのは首や手足の先などのはたから見える部分だけで、背中やへそのまわりや腿の辺りにはやわらかなハトムギの葉が茂っている。この人の葉のかたち、やわらかさ、鼻をうずめた時の匂いを、私は知っている。それを思うだけでぼんやりとお酒のまわりが早くなった。

しばらくの間、あまりものを言わずに一生懸命食べた。てんぷらをかじり、梅肉をからめた蕎麦をすすった。鳥わさは二、三切れまとめて口に放り込んだ。二杯目のお酒は味が濃く感じる。どんどんお腹に熱が溜まる。

足りた、と思う頃、二人ほとんど同時に箸を置いた。高臣さんを見れば、はじめよりも目の光が強くなっていた。肌の色も明るくなっている。きっと私も同じような、満ち足りた顔をしているだろう。目を合わせ、どちらからともなく笑った。私と高臣さんは、食事の相性が良い。好きなものも、食べる速度も、食べる量も、奇跡のように嚙み合っている。

「行きましょうか」

「行きましょう、行きましょう」

会計は、高臣さんがもってくれた。私は高臣さんの肩を支えて半地下の店の階段を上る。高臣さんは左足がすこし、悪い。

むかし、高臣さんを強くつかみ取ろうとしたことがあった。一生一緒と誓い合って、同じ布団で毎晩眠って毎朝起きる、そんな約束をしませんかと誘った。そのくらい、高臣さんが好きだった。高臣さんと食べるご飯はおいしかったし、高臣さんも私を好きだと言ってくれた。体もなんども交わしていた。ものすごく簡単なことだと思っていた。

きっと喜んでくれると思い、胸を張ってそう伝えたら、高臣さんは心底困った顔をした。やくそく、と異国の言葉のように呟いて、途方に暮れた顔で黙った。だいぶ長く付き合っていたのに、そんな顔を見たのは初めてだった。

「ごめんね」

沈黙のあと、高臣さんは私の頭を丸く撫でた。ずいぶん長く、撫でられたままだった。呆然としながら、どうして、と聞くと、どうしても、と湿った声が返った。

「私が、きらい?」

濡れた言葉をわざと放つと、高臣さんは嫌な顔をした。ぽんぽんと咎めるように強く、私の頭へ当てた手を弾ませる。

「あんまりばかばかしいことを言うなよ」

「でも、約束したい」

「約束しなければ離れるものなら、離れるものなんだ」

「そんな」

だいぶ乱暴なことを言われた気がした。そんな気がしただけで、それこそ約束事のように、かんたんに涙はあふれた。ずるずると情けなく泣く私を、高臣さんは犬や猫をみるような目でしばらく見ていた。なぐさめてくれないのでむきになりかけたけれど、だんだん涙はとまった。いつまでも泣き続けるのはむずかしいのだ。

泣いてるあいだは話しかけてくれなかった高臣さんが、泣き終わると頭を撫でてくれた。

「なんでそんなに、約束したい？」

「ふつうのことだと思ってたから」

「かんたんに、ふつうなんて言うなよ」

そう言うと、またすこし嫌な顔をした。このへんの細かいところまで容赦のないのが高臣さんだなあとつくづく思う。この人の思うことには、いつでも固い筋が入っている。私はしばらく黙った。高臣さんの顔を見る。よく光る、目。高臣さんはあまり目をそらさない。容赦がない代わりに生真面目で、いつでも私の話を辛抱強く待ってくれる。凪いだ湖面のようになめらかな黒い瞳に、私のほうけた顔が映っている。

「高臣さんが好き」

「うん」

「約束して、独占したい。一生一緒だって決めてしまいたい。そうしたら、安心して眠れる気がする」

つよい言葉が口から出た。すると高臣さんは、すこしやわらかい顔をして、また私の頭を撫でた。

「俺はそのへんの」

「うん」

「好き、と、一生の独占のあいだの、まざりものみたいなところが、ほんとうのものだと思えない」

「まざりもの？」

「そう、まざりもの」

だからごめん、と高臣さんは言った。やっぱりそれは、俺とはちがうものだ。私はほとんど無意識にうなだれた高臣さんの頭を撫でていた。まざりもの、と嚙み砕けない言葉を舌の上に転がしながら、さきほど自分がされたようにずいぶん長く、撫で続けた。

それから数ヶ月後、私は高臣さんの子供を孕んだ。

温度の高いかたまりをひたひたと腹に溜めながら、妊娠していた頃の私はずいぶんむかしのことばかり思い出していた。子供。私の体の中で無から生へと移る過程の濃厚な夢を見ている人たち。私もかつては子供だった。母の胎内で見ていた夢は、もう思い出せない。

私は母の十六番目の子供だった。私へ差しだされた彼女の胸はすでにしぼみ、肌へくまなくもぐりこんだセンニチコウの根のせいで頬を当ててもごわごわしていた。吸い上げた乳は薄く、かすかな土の匂いがした。それでも私は健やかに育った。

産まれ、呼吸し、濡れたままで這いずり、四つ足から立ち上がるのに一年。骨を伸ばし、体のかたちを作り上げ、言葉を覚えるのにもう一年。体に肉をのせ、腰の奥へ根太い生殖の機能をひそませるのにさらに一年。最後の二年間は学習漬けになる。はじめの一年に共通の基礎学習を、次の一年には分野を特化した専門学習を行う。動物の中で、私たちの成人は遅い。産まれてから大人に勘定されるまで五年もかかる。

私が成人した時、私の下腹と腿の内側にはすでにちいさな新芽がふきだしていた。ぷつぷつと気になる葉をちぎりながら台所の暗く湿った場所を探せば、冷蔵庫の裏で葉と花のかたまりになった母が最後に産まれた弟をあやしていた。

ずいぶんお互いの葉の色が深かったから、夏の日だったと思う。

いくのね、と母は私の目を見つめて言い、いきます、と私は答えた。そして、荷物をまとめて実家を離れ、都心のクリーニング屋で働き始めた。

あの日の私は、いったいどこへ「いく」と言っていたのだろう。けれど、たしかにその時は聞こえた気がしたのだ。ひそやかな、そのくせ腹の底を炙る火のように鋭い衝動が、家を捨てろと命じていた。クリーニング屋から文具会社の事務、最近流行りの天然酵母のパン屋の製造と職を変えながら、私はすこしずつ実家から遠ざかった。次第に薄いながらも貯金が積もりはじめ、よほどの贅沢をしない限り食べることに不自由はなくなった。それでも漂流の先はみえない。私は夜中に目を覚ます。天井を見上げ、じっと青い闇に目をこらし、なぜここにいるのだろうと呆然とする。

今は、違う。目を覚ませば隣でしまが眠っている。私は真夜中の天井を見上げるよりも先にしまの背中にしがみつき、なめらかな首筋に甘えてとろとろとまどろむことが出来る。深く息を吸い、浅く吐き出し、すこしおいてまた吸って、と彼女の眠りのリズムを真似ることが出来る。しまを抱いていると、私は遠いむかしに手放した私の子供たちと眠っていた時代を思い出す。私が一番深く眠っていた時代。

私が高臣さんの子供を産んだのは、春のはじめのあたたかい風が吹く季節で、年に一度の出産のシーズンだった。どこの家も、濡れた白い赤ん坊であふれていた。多い人は生涯で二十人近くの子供を産む。私は一度に三人の子を産んだ。

赤ん坊の肌はしっとりと重く、はりつめている。密度が高く、芽が肌を侵す余地がない。産まれたての生き物が一番つよいのだ。真っ黒な目を見開いて、力強く床を這い、迷いなく、痛いくらいに乳を吸う。

「すごいよな」

「なにが？」

「俺なら、そんなに強く、ひたすらにあなたの体液を吸い続けるなんて、恐ろしくて出来ない」

「むかしは、お母さんのを吸っていたのに？」

「そう、だから、忘れてるんだ。なにも怖くなかった頃なんて、忘れた」

四つ足で這い回るうちは、なにも怖がらない。子供と私の境界は限りなくうすく、私が笑うと子供も笑い、私が泣くと子供まで泣いた。

子供たちはすぐに大きくなる。立ち上がり、私を知り、高臣さんを知り、言葉を覚え、子供たちはすこしずつ心弱くなっていく。かたくなに感じるほど澄んだ目がやさしくにごり、ぷつぷつと、やわい色の芽が肌を蝕み始める。

大きくなった子供たちは、私から離れたがった。与えられる体液ではすでに満ち足りなくなり、それぞれの目に映る世界を食べる段階に入ったのだ。ふくふくとやわらかく、私よりずっと体温の高い子供たちと集って眠るのは、今まで味わったことがないほどやすらかな時間だった。溶けてほどけて混じり合うような糖蜜の眠り。放すのが惜しくて、すがりついた。

一番体の小さな一人を、いつも抱いたままにした。いつでも乳を含ませて、それ以外のものへ食が進まないよう、遠ざけた。どうしても固形物を欲しがるときには、口うつしで与えるようにした。そのうち、私が居なければ生きていけないようになればいいと心から願うようになった。

やめなさい、と止めたのは高臣さんだ。

「俺の母親と同じことをしてる」

あの人は、それで赤ん坊だった俺の足を折った。我に返ったあと、ずいぶん苦しんでいたよ。もしかしたらあなたは我に返らない人なのかもしれないけれど、それでも、やめたほうがいい。低く穏やかに言い聞かせ、私の腕から子供をもいだ。私は泣き、子供も泣き、けれど、最後まで高臣さんは凜としていた。すこしずつ私がまた子供ではなく高臣さんにすがって眠るよう、私の腕を自分の腰へしがみつかせていった。高臣さんは子供に比べればもの足りないほど体温が低くて、がさがさしていて、かたくて、私から遠いものだった。けれど、すくなくとも私に壊されることのないものだった。私はまるで四番目の子供のように泣きながら寝かしつけられた。

五年とすこしが経って、成人した子供たちはみな家から出ていった。彼らの腹の底でも、かすかな炎がささやいたのだろうか。地平へ走れ、父母を捨てろ。へその緒を切れ！　一人目は都心へ、二人目は北の港へ、三人目は遠くの音楽学校へ。みんな、体のやわらかい部分に青い芽をひっそりと生やしていた。

母系遺伝のセンニチコウの芽は、彼らに痛みをもたらし、ささやかな花を与え、いつか彼らを殺すだろう。子供たちはほんのいっとき人の形をたもち、動き、走り、私に遅れて、また土へ戻っていく。

子供たちを見送ると、家のなかの空気が急にうすくなった。温度が下がり、呼吸は逆にしやすくなる。声が広がりすぎるのではじめは声量の調節がむずかしかった。

「別のものだったね」

呟くと、高臣さんはゆるく首を傾げた。

「高臣さんは違うけれど、私と同じ植物が生えて、私の乳を吸って育つから、私に近いものになるんだと思ってた」

「別のものだよ。ぜんぜん別のものだ。俺やあなたがそうだったように、今この瞬間にも、俺たちの見たことのない場所へ、俺たちのことなんかなにも考えずに走ってるものだ」

「さみしい」

肌がさむくてさみしい。完全にあたためてくれるものがなくてさみしい。口に出すと、高臣さんはすこし笑って飯を食いに行こう、と誘った。高臣さんはやさしい。けれど、ずっと一緒にいてくれるとは言わない。結びとめることはできない。いつか、流れていく。子供らと同じように。一人で眠ることすらうまくできない馬鹿で心弱い私を置いて。

約束をしないまま、同じ場所に住んだり別の場所に住んだり、くっついたり離れたりしながら、私と高臣さんはそれからもゆらゆらと会っていた。

月日が流れ、私のみぞおちに根が行き渡り、高臣さんの左足がほとんど利かなくなった頃、しまは私の寝台へもぐりこんできた。

3

しまがバイト先の飲み会に出かけた。帰るのは朝になるという。やけに広く感じる一人の寝台で、水へ沈めた果物が浮き上がるように私は自然と目を覚ました。目を開いて、まだ天井が青暗いことに失望する。ベッドサイドのデジタル時計は午前一時を指している。三時間後には出勤だというのに、頭の片隅が痛いくらいに冴えていた。まくらに爪を立てて起き上がる。

ペットボトルの水を飲みながら暗い部屋を見回した。カーテンのすき間から細い月明かりが差し込み、一すじのレースのように床へ伸び広がっている。布団の丸まった寝台。そばに置かれた明日の服。

私はベッドのそばにぽつんと置かれた、しまのテレビへ近づいた。電源を入れ、ダイアルを回す。じじ、とかすかなうなりとともに、灰色の画面が明滅した。しばらくすると画面の揺れが落ち着き、じわじわと土から水がしみ出すように色彩が浮かび上がる。見知らぬ男が薄い顔でとつとつと歴史の講義をしている。チャンネルを変える。大仰な身振りの女がしきりに手にした化粧品を売りつけようと絶賛している。チャンネルを変える。滑稽に踊る男を、合成音の笑い声が囃《はや》している。チャンネルを変える。チャンネルを変える。私は音声を切ってベッドに座り、床に置いたテレビの平淡な明滅を眺めた。やがて、しまがよくそうしているように、そっと赤いテレビの上へ足の裏を乗せた。プラスチックの、なめらかな感触。ほのかに熱を放っている。

部屋の隅で、電話のランプがまたたいていた。留守番電話を再生する。三日後に、と甘い声が誘った。

感覚がなくなったよ、とホテルに辿りついた高臣さんはベッドに足を投げ出しながら言った。

「見目のいいものじゃあないけど、なかなか、おもしろい」

「なにが？」

「くっついてるのに、もう俺のもんじゃなくなったんだなって」

言いながら、高臣さんはごわごわとした靴下をひっぱって脱ぎ捨てる。途端に、湿った土の匂いがぷんと広がった。足を覗き込もうとしたらかけ布団で隠された。

「見せてよ」

「見ためが悪いんだって」

「いいよ」

布団をめくって覗き込むと、筋張った左足のすねからつま先までがびっしりと尖った葉に覆われていた。ハトムギだ。葉を押し退けて肌を覗けば、白く太い根が肉に食いこんでいる。皮膚の表面は、すっかり乾いてよれていた。泥のように濡れてくずれてしまっている箇所もある。高臣さんが足を持ち上げると、つやのある丸い実が葉の間からぽたぽたと落ちた。

「痛くないの？」

「二週間ぐらい前、熱を持って、腫れて痛くて仕方なかったけど、今はなにも。思えば、あれが俺の足の最後だったんだなあ」

「そんな、のんきな」

「のんきだよ。もう、足の痛みで悩まないで済む。骨はまだ崩れてないみたいだから、もうしばらくは歩けるし」

よ、とはずみをつけてベッドから起き上がった高臣さんは、なるべく左足に体重をかけないよう上下に揺れながら歩き、服を脱ぎ捨ててバスルームへむかった。

交代でお湯を浴びて、裸のまま布団の中へはいった。高臣さんのお腹へ手を這わせる。生えそろったハトムギがあたたかく濡れている。軽く背中を丸めて、草むらに鼻を埋めた。

「はなはそこが好きだなあ」

高臣さんはとんとんと頭を撫でてくれる。私は舌を伸ばしてハトムギの根本を舐めとった。深くまで差し込んでようやく辿りついた肌は、甘い。柔らかくて、押し込んだ舌がどこまでも飲み込まれていきそうだった。こんなところからも淡い土の匂いがする。むかしは、こんなことはなかったように思う。こんなさらさらとやたら慈悲深い匂いではなく、もっと粘りが強くてかたくなな、生き物の塩気と脂の匂いがしたはずだった。

急にひやりと恐ろしくなって、土よりも高臣さんの匂いが強い場所を探した。どんどん下腹へ下りていく。高臣さんはくすくすと頰へわたを含んだように笑っている。

「はなの舌が、熱い」

ちがう。きっと高臣さんの肌の方が変わってきているのだ。思いながら、おとなしくしぼんだ性器を口へ含むと、笑う声は深くなった。

おいで、と招かれて口で育てたものから顔を浮かせた。おおい被さり、誘われるまま唇をあわせると、口の中はいつもの高臣さんの味がした。夢中になって、ほの甘い唾液を吸う。高臣さん、高臣さん。名を呼びながら体をすり寄せた。

「俺はあなたをだめにしたんだろうな」

口づけの合間に高臣さんは、私の頭を撫でながら、笑ったままの声で言う。

「でも、あなたを甘やかすのはずいぶん気持ちが良かった」

高臣さんの指が私の足の付け根を探った。指は、つめたい。私のほうは馬鹿みたいに熱くなっている。かきまぜられて、すこしずつほどけた。

「あなたは抱くとあたたかかったし、一緒に食べる飯もうまかったし」

そんなことを言わないで、とうすい唇をふさぐと、高臣さんは目を和ませる。

「まあ、あなたも俺をだめにしただろうし、おあいこってことで」

手前勝手なことを言ってかるくかるく笑っている。声が、やさしい。またがった腹筋がおだやかにゆれる。まざりものを許せなかった高臣さんの容赦のなかった部分が、気づけばとろりと濁っている。いつのまに、時間は流れたのだろう。

「まるくなったね、高臣さん」

「もうおっさんだしなあ。足も利かなくなっちゃうし」

「どこかに行っちゃうの」

高臣さんは私を見た。黒い瞳に私が映っている。高臣さんの目に映る私は、いつでも頼りのない漠然とした顔をしている。高臣さんは唇のはしを持ち上げ、ぽんぽんと私の腿に手を弾ませた。

「まあ、腰上げてくださいな」

溶けてほぐれた場所へと、高臣さんがはいってきた。私よりも低い体温が体の内側へじわりと広がり、すぐになじむ。かきまぜられる。揺れながら、高臣さんの頭を抱きしめた。土の匂いがする。汗の匂いがする。お互いの吐くほてった息がもやもやと溜まり、羊水となって狭い部屋を満たす。吸って、吐いて、しずかに震えて、私のほうが先にはじけた。

終わったあとは、二人ともシーツに伸び広がっていた。高臣さんの腰にしがみつく。煙草を一本静かにふかしながら、高臣さんは口を開いた。

「むかし社員旅行で行った場所が、けっこう良くて」

「うん」

「ちいさな町でさ。海の近くで、よく日が照ってて、良い感じに花とか咲いてるひらけた林があって。その町に住民票をうつせば、その林は自由に入っていいんだ」

「はあ」

「もう、手続きは済ませた。来週からその町に行くよ。そこで魚でも食べて、本読んで、日光浴して、最後は林の一番日当たりのいいとこに眠る。だから近くに寄ったら、遊びに来てな。……たまには、あいたい」

「いつから、考えてたの？」

「けっこう前から。この足だし、そんなに俺は長く生きないだろうと思ってたから」

「私、まだ、考えたことない」

「それは、あなたの時間がまだまだ続くってことだ。必要がないから考えないんだよ」

ほそい煙が天井へ上っていく。私は高臣さんの胸板を撫でた。さわさわと乾いた芽をなぞる。そこから、すこし肌の湿りの深いみぞおちへ指をすべらせる。固い芽、皮膚を押し上げる根。芽が、高臣さんなのだろうか。それとも、芽と芽のあいだでもろもろと崩れ、すぐに林の土に溶けてしまうだろうはかないものが、高臣さんなのだろうか。

「高臣さん」

「はい」

「好き」

「うん」

「好きです」

行かないで、を言わないようにしたら、同じ言葉しかでなかった。私の内側のどんな痛みよりも、高臣さんの安穏の方が大切だった。産まれてはじめて、そう思えた。

「好きです」

「うん、ありがとう」

高臣さんは笑う。私はいつのまにか泣いている、だけど、笑う。高臣さんは褒めるように私の髪を撫でた。

「はなはいいこだ」

「はい」

「ちゃんと眠りなさいね」

「はい」

「猫に、やさしくしてあげるといい。きっと、なにかあるよ。なにかかたちのないものがあるから、会ったんだよ。大事にしてあげるといい。いっしょに、おいしいものをたくさん食べなさい」

「はい」

「はな、ちょっとじっとしてて」

高臣さんは私の肩を抱いて、そっと背を屈めた。数秒おいて、ぷつり、とつよい音を立てて首筋の芽の一つが嚙みとられる。うすい痛み。高臣さんの唇に、私を養分にしたそれがふくまれていく。嚙み砕かれ、喉を通って落ちていく。

「すこしだけ、連れて行かせてね」

ほんとうはこんなことをしなくても、はなから汲んだものは俺のなかにたくさんあるのだけど、まあ儀式みたいなもので。儀式、たまにはいいよね、そういうのもわかりやすくて。じっと考えないと流れちゃいそうなものを、考えられないときでも流しちゃわないようにするためにあるんだろうね。高臣さんは言いながら笑う。高臣さんが笑うと、指で支えている煙草の煙もへびのようにくねる。私は泣くのを止めて、高臣さんのみぞおちに生える一番柔らかそうな芽を口で摘んだ。ぷつん。根の深くまで引き抜いてしまったせいで、抜いたあとの小さな穴に、ほんの少し血がにじんだ。

「ごめんなさい」

「いいよ、そのへんももう、感覚がないんだ」

柘榴《ざくろ》のつぶのような血の玉を吸ったあと、なめらかな葉をゆっくりと舐め転がし、最後に奥歯で嚙みつぶした。淡い、やわらかい塩の味が広がる。飲み下して、高臣さんの肌にもぐりこむようにして、眠った。

電気を消すと、みしみしと肉を浸食する植物の息吹が聞こえた。高臣さんの脇腹から聞こえる。私の太腿からも、聞こえる。ぎゅう、と抱きしめる力を強める。窓の外でもきっと、あらゆるものが浸食され、もろもろと崩れ、ほろび、反対に、どこかのあたたかい寝台では、みずみずしい赤ん坊が生まれている。やわらかい指で宙を掻いている。

朝方、高臣さんは私よりも先にホテルを出た。

また会おうねと言っていた。

4

リビングの真ん中でしまが眠っている。ウールのブランケットに埋もれ、テレビを抱くようにして横向きに眠っている。私は手を伸ばして、ブランケットのあいだからのぞく巻き毛をくるくると撫でる。すると、長い睫がかすかにふるえ、水気の多い目がこちらを見上げた。

「おかえりなさい」

しなやかな腕が伸びて、私の腰へからむ。まっすぐに迷いなく抱きしめてくる。しまの肌は、相変わらず飴菓子のような匂いがする。土の冷えた匂いとはかけ離れた、甘いふわふわとした匂いだ。私はそれだけでうれしくなって、しまの髪をくしゃくしゃにまぜ、ひたいの真ん中にただいまのキスをした。しまは眠たげなまばたきを繰り返したあと、私の顔を静かに見つめた。

「はなさん、なにかあったの」

「どうして」

「へんな顔をしてる。ぼうっとして」

「だいじょうぶだよ」

私はしまの背中に腕を回した。土の匂いを打ちはらうよう強く体を引き寄せれば、やわらかい骨が腕の中でしなった。中腰のつらい姿勢だろうに、しまは私の顔を見たままじっとしている。さっきまで眠っていたちいさな体はほのかに汗ばんで熱を持っている。

毎日毎日パンをこねて、焼いて、帰ると、しまと遊んで眠る。私の仕事は朝が早くて、しまの仕事は夜が遅い。けど、しまの仕事が週三日なのでいっしょにいられる時間は多い。

しまは、子供のようだ。外見は健やかに育っているのに、動作や私を見上げる目が幼い。かつての高臣さんがかたくなだったように、私に根深い不眠が息づいているように、しまのなかにもきっと、名前のつかない気弱な生き物がいるのだ。

私がかつて損なおうとした子供と同じく、芽の取り除かれたしまのなめらかな肌はあたたかくこちらの肌へ吸いつく。しまは人のくぼみにひたりとはまる。

しまは、愛される。

「好いてくれる、人がいて」

「ほうほう」

「シフトが被るたびに、飴やチョコや花や意味深な流し目をくれる」

「意味深な流し目」

「そう、意味深な流し目」

「いいなあー、意味深な流し目」

ふふふ、としまはビールの缶を揺らして笑う。つまみは、しまが焼いてくれたさんまだ。とはいえ、そろそろしまは魚料理に飽きている。熱しやすくて冷めやすい。仔猫が次々と新しい玩具へ飛びつくように、しまの興味はすぐにうつり変わる。料理、映画、音楽、美容。

なにもないときには、部屋の真ん中で眠っているか、テレビのチャンネルを変えている。変わらないのは、同じベッドで眠っていることぐらいだ。

「しまも、意味深な流し目を返してあげればいいのに」

「うーん」

細くすんなりと伸びた喉をそらして、しまはビールをあおる。そして、むずかしい顔をして昏の泡をふいた。

「私、だめなんだ」

「なにが？」

「流し目を、返したとするじゃないですか」

「はい」

「こう、おつき合いが始まって」

「うんうん」

「好きとかあいしているとか色々あって」

「まあ、うん」

「こう、なわが」

「なわ？」

「なわが手首にかかる感じが、だめ」

もう一度、なわ？　と聞いてしまった。しまは、神妙な顔でなわ、と言い返す。

「好きな時だけそばに行って、なあなあ触れ合って、終わったら離れるとか、怒られるでしよ」

「ううん」

「私、近くにいたい時と、遠くにいたい時があるもの。私は私で、いつでも変わらないもの。それなのに、変わってくるのが当たり前みたいになってくのとか、だめ」

「野生動物みたいだね、しまは」

「ふふふ、はなさん、放し飼いにしてくれるから、好き」

　私は曖昧な相づちを返して次のビールのプルタブを起こした。泡をすすり、冷たい一口を飲み下す。ほんとうに放し飼いができるようなたちだったら、高臣さんを繋ぎ止めることができたんだろうか。そんなたちの人間が、この世にほんとうにいるんだろうか。好きとあいしているとなわのまざりものを、高臣さんはほんとうのものだと思えないと言った。なら、ほんとうのものはどこにあるのだろう。ほんとうほんとうと繰り返すうちに、こめかみが熱を持って痛みだした。ほんとう、ほんとう、ほんとう。

　ビールでほてった体をさまさないよう、歯を磨いてから急いで布団へ入る。いつも通り、壁側にしまがもぐりこむ。腰に抱きついてくるので、私は両腕を上げる。酔っぱらっているのでキスがしたくなる。

「しーま」

　呼びかけて、湿った唇を吸った。しまの下唇は、唇だけで噛みちぎれてしまうかと思うほどやわらかい。唇を浮かせると、今度はしまのほうから押しつけてくる。ふふふ、とまたあの声で笑っている。舌を入れて、歯の裏をくすぐって、胸のふくらみを軽くつぶして、その先に進むのがおっくうで、毛なみを舐めあう猫のようにじゃれながら眠った。

「だめなのかなあ」

暗闇のなかで、しまが呟く。かなしいのか、声は揺れている。

「私はやっぱり、ばかなのかなあ。ばかなままじゃ、だめなのかなあ」

私は寝ぼけながら、しまの髪を撫でる。高臣さんが私にしてくれたように撫でられていたら良いと、願いながら。


仕事以外では滅多に外出しないしまが、ちらほら出歩くようになった。あろうことか、次の休みの日はなるべく予定いれないで、とやけに言いにくそうな様子で私の袖を引く。どうして、と問いかけても、まだ教えない、とそっぽをむいてしまう。

休みの日は、曇りだった。雲はぶ厚く、夜から雪になる地域もあるようです、と画像がちらつく赤いテレビから線の細い気象予報士が告げる。

「それで、どこに行きたいの？」

前日は二人とも仕事が遅くまでかかったため、目が覚めたらすでに時刻は昼を回っていた。朝飯とも昼飯ともつかない中途半端な食事をとりながら、私はしまの顔をのぞく。トーストをくわえたまま窓へ顔を向けたしまは、しばらくむずかしい顔で灰色の町を眺めたあと、あったかいカッコして、と噛み合わない答えを返した。私は食事を終えるとテレビのスイッチを切り、セーターとコートを取りに寝室へもどった。

すぐに出発するのかと思えば、まだ待つのだと言う。私は皿を洗い、洗濯を済ませ、日がかげり出す頃、ようやくしまに連れられて家を出た。先を歩く彼女の栗色の髪が歩調に合わせてふわふわと揺れる。あいかわらずしまは流行に聡《さと》く、腰のあたりが綺麗にしぼられた細身のコートに今年流行の折り返しブーツをきれいに合わせている。駅へ近づくほど人が多くなってきた。しまは、なにも言わない。どこかとぼけたような白々しい顔で歩き続けている。最後まで内緒にしたいらしい。

道のむこうから間延びしたオルガンの音色が流れてきた。それで、分かってしまった。半年に一度町を訪れる、巡業の移動遊園地がやって来たのだ。私は、しまよりもずっと長くこの町に住んでいるのだ。けれど、出不精で眠りたがりの彼女が、ちいさなパンプスのかかとをカツカツ言わせて町を歩き回り、わざわざ私を連れ出す口実を探してくれたのだと思うとたまらなくなった。しまの隣まで足を速める。しまは私を見て唇をすこし動かし、なにも言わずに前を向いた。

移動遊園地は石畳の中央広場にやってきていた。親子連れを中心に集まった人の流れが、早い。トランポリン、射的、飴釣り、ドッグショー、天体望遠鏡ぐらい大きな万華鏡など、こまごまとした屋台が広場の外縁をぐるりと囲み、中央には木造の回転木馬が設置されている。

手回しオルガンは、木馬の係の男が持っていた。男にお金を渡すと手をとって木馬に乗せてくれ、さらに木馬が回転している間はずっとオルガンを鳴らしていてくれる。ぶんたたぶった、ぶんたたぶった。しまがオルガンの口まねをする。木馬は大盛況だった。

屋台のココアを飲みながら、柵にひじをついて二人で木馬を眺めた。そのうちに、霧がでてきた。路地の奥から乳白色のかたまりがとろりと流れ出してくる。

木馬が回ると、木馬の機械のてっぺんから金と銀の紙吹雪がふきだす仕かけになっている。おかげで辺り一面、砕いた月をばらまいたようにまばゆい。きらきらと降り落ち、夢のようにかすみ、目が回りそうになる。みぞおちがきしんだ。高臣さんに、触れたかった。またすこし私の体が土に近づいていく。私もしまもほろびていく。なにもわからないまま、目にするものの美しさにぽかんと口を開いてほろびていく。木馬の電飾が清らかにまたたき、すこしずつ回転の速度が失われる。しまの手が私の手のなかへすべりこんできた。水気の多い肌を撫で、指を絡めて握りかえした。

あたたかいものは流れていく。それに爪を立ててしまわないよう、私は一人で眠る練習をするだろう。いつか、出会えたこの手のいとしさだけでなにもかも差し出せる気分になることを、伝えたい。

「音楽がやむね」

「さみしいな」

「またすぐにはじまるよ」

日が落ちると、霧はこまかな雪に変わった。木馬は輝きながら回転を続けた。

5

そんなに面白くない場所だよ、と珈琲のお代わりをいれてくれながら、喫茶店の主人は言った。

「見晴らしは良いけどね、地元の人間はそんなにどうとも思わない。けど、三ヶ月に一度くらいね、ふらっと、惹きよせられるように、来る」

「来る」

「まあ、だからね、きれいに掃除するし。手だって合わせるし。なんてことない場所だって思うけど、選んで貰えるのは誇らしいからね。風景じゃなくて、そこに眠る人に手を合わせてるよ」

「ありがとう、ございます」

「お礼なんかいいよ。私たちも嬉しいんだ。だからね、お姉さんも、地元に帰ったらよく掃除して。誰が惹かれて来てくれるかわからないんだから。よくよく考えてみれば、風景なんてどこも、むかし眠った人や生き物の積み重ねみたいなものだしね。きれいに、掃除。あと、好きな景色には、いいもんみせてくれてありがとうございますって、ね」

チーズスコーンのおいしい店だった。話し好きの主人の耳の裏には、透き通るほど白いボタンの花が咲いていた。

お腹がいっぱいになったので、教えて貰った道を歩いて海へ向かう。さらさらと降り落ちてくる日射しが、頬にあたたかい。歩けば歩くほど、静かな町だった。閑散としていて、建物の背が低く、町全体がすっきりと乾いている。子供とお年寄りが多い。家々の軒から色のつよい樹木があふれ出ていて、町のどこにいても波の音が聞こえる。

坂を下ると、すぐに目的の林が目の前にひらけた。枝の少ない木々の向こうに甘い色をした春の海が広がっている。ほの白く光る水平線。海鳥が気ままに飛んでいる。

あなたの中の世界は、こんなにやすらかだったんですね。呼びかけると、海の色がずいぶん目にしみた。肌の表面ばかり親しんで、肌の内側のことなんてなにも分からないまま、私はあなたを見送った。はじめは海を見ながら、続いて、足元に生い茂る草を見ながら木漏れ日に満たされた林を歩いた。

日溜まりに、一本のハトムギを見つけた。膝の高さまで育っている。高臣さんかも知れない。高臣さんじゃないのかも知れない。他の草を踏まないよう気を付けながら、かたわらにしゃがんだ。

「すてきな場所ですね」

ハトムギは、潮風にふるえる。私は、続けた。

「幸せに暮らしています。また、お会いしましょう」

くろぐろと湿った土へ片手を当てる。人の肌とおなじ温度だった。

なめらかなくぼみ　「小説新潮」二〇二一年五月号

二十三センチの祝福　電子同人誌『文芸あねもね』二〇一一年七月一五日配信
（アンソロジー『文芸あねもね』新潮文庫　二〇一二年三月刊に所収）

マイ、マイマイ　「オール讀物」二〇一八年八月号
（アンソロジー『妖し』文春文庫　二〇一九年一二月刊に所収）

ふるえる　「文藝」二〇二二年夏号

マグノリアの夫　「小説新潮」二〇二二年八月号

花に眩む　「小説新潮」二〇一〇年六月号
（第九回「女による女のためのR-18文学賞」読者賞受賞作）

装画　中島梨絵

花《はな》に埋《う》もれる

彩瀬《あやせ》まる

発　行　2023年３月15日

発行者　佐藤隆信
発行所　株式会社新潮社

〒162-8711　東京都新宿区矢来町71
電　話　編集部 03-3266-5411
　　　　読者係 03-3266-5111
https://www.shinchosha.co.jp
装　幀　新潮社装幀室
印刷所　大日本印刷株式会社
製本所　大口製本印刷株式会社

ISBN978-4-10-331965-8 C0093

乱丁・落丁本は、ご面倒ですが小社読者係宛お送り下さい。
送料小社負担にてお取替え致します。
価格はカバーに表示してあります。

草原のサーカス　彩瀬まる

朝が来るまでそばにいる　彩瀬まる

しろがねの葉　千早茜

犬も食わない　尾崎世界観　千早茜

夏日狂想　窪美澄

神の悪手　芦沢央

私たちは、どこで間違えてしまったのだろう――？　対照的な姉妹は仕事で名声を得るが、いつしか道を踏み外していく。転落の果てに、二人の目に映る景色とは。

「この夜が明けるまで、きっと手を握っているよ」。弱ったとき、逃げたいとき、寄り添う不思議な影がいる。圧倒的な暗闇から、かすかな光へと向かう再生の物語。

戦国末期、シルバーラッシュに沸く石見銀山。孤児の少女ウメが、欲望と死に抗って生き抜こうとする姿を官能の薫りと共に描き上げた、著者初にして渾身の大河長篇！

脱ぎっ放しの靴下、畳まれた洗濯物、冷えきった足、ベッドの隣の確かな体温――。同棲中の恋人同士の心の探り合いを、男女それぞれの視点で描く豪華共作恋愛小説。

私は「男たちの夢」より自分の夢を叶えたかった、「書く」という夢を――。さまざまな文学者との恋の果てに、ついに礼子が摑んだものは？　新たな代表作の誕生！

たとえ破滅するとしても、この手を指してみたい――。運命に翻弄されながらも前に進もうとする人々の葛藤を、驚きの着想でミステリに昇華させた傑作短編集。